Christian LAMANT

Fécondes

D1720249

auto-édition par

Christian LAMANT

87 rue de Paris

16000 ANGOULÊME

ISBN 9781090479914

Prix : 10€

Publié via Amazon

Avertissement

Texte réservé à un public averti et majeur

Coup d'essai

Natacha se couche enfin. Il est deux heures. Sa journée de travail épouvantable l'a obsédée toute la soirée. Elle a laissé partir Fred dans les bras de Morphée à la fin de ce film débile sur la six, mais elle, rien ! Pas l'ombre d'un bâillement, pas un seul picotement dans les yeux. Elle est sur les dents, et ça l'énerve.

Ne supportant même plus les insanités que lui envoie la télé, elle s'est contrainte à rejoindre la chambre. La chaleur étouffante de cette nuit d'été l'oblige à se glisser nue sous le drap déjà moite. Fred dort, profondément. Elle le trouve encore plus beau quand il est comme ça, calme et apaisé, lui qui bouillonne de vie d'ordinaire. Ses cheveux blonds qui frisottent, son nez qui lui donne un air mutin, sa bouche pincée, ses épaules larges qui dépassent du drap…

Natacha tourne et retourne dans son lit. Impossible de trouver le sommeil. Cette imbécile de patronne, jamais contente. Natacha la planterait bien dès demain matin pour ouvrir son propre cabinet, mais la ville est trop petite pour une architecte d'intérieur de plus. Et puis, à vingt-huit ans, ce n'est pas vraiment le moment. Elle a encore tant de choses à faire avec Fred. Fred qui dort, là, si près d'elle. Elle le regarde, éclairé par la lueur de la lune qui passe à travers les persiennes. Son torse si bien dessiné monte et descend au rythme d'une respiration calme. Natacha approche sa main, hésite, craint de le réveiller. Ses doigts fins se glissent sous le drap, à la rencontre de ce buste contre lequel elle aime tant se blottir. Ça y est, elle le touche. Il ne bronche pas, garde le même souffle. La main de la jeune femme commence à le caresser, presque malgré elle. La chaleur de ce corps rajoute à la tension qui lui obstrue l'esprit. Voilà ! Mince ! Elle n'est plus énervée maintenant, elle commence à être excitée. Elle vient blottir son corps contre celui de son homme. Tant pis si ça le réveille. Tant mieux même ! Mais Fred reste endormi. La main de Natacha devient plus audacieuse. Elle quitte la poitrine de Fred et glisse sur son ventre, vient jouer avec les poils qui ornent la base de sa verge encore flasque. Ça ne va pas durer !

Les doigts de Natacha contournent le membre de Fred qui tressaute. Oups ! Natacha retient son souffle. Ne pas le tirer de son sommeil, pas encore. Du bout des doigts, elle caresse ses bourses. Une caresse légère, à peine un contact. Le scrotum tremble, les testicules remontent. Natacha les prend dans sa paume. Le massage se fait plus appuyé.

Encore endormi, Fred soupire. Sa respiration commence à se faire plus profonde. Les traits de son visage commencent à se tendre, comme son sexe. Le gland quitte la cuisse sur laquelle il reposait pour prendre l'air. Natacha tire le drap de son autre main. Elle veut profiter du spectacle de son envol dans la pénombre de cette nuit d'été.

Natacha pose la tête sur le torse de Fred. Dans son oreille, Les battements du cœur de son homme donnent le rythme de sa caresse. Sa main a quitté les bourses. Elle entoure la base du pénis maintenant dressé du pouce et de l'index. L'anneau digital commence à monter et descendre sur la verge chaude de Fred. Il dort toujours, mais sa poitrine fait monter et descendre la tête de Natacha avec de plus en plus d'amplitude. La jeune femme s'amuse à branler ce sexe en prenant garde de ne pas encore décalotter le gland. Le méat pointe à l'orée du prépuce, laissant perler une première goutte de liquide séminal. Natacha prend la tige pas encore totalement raide à pleine main et accélère son va-et-vient. Dans son cou, le souffle chaud de Fred se fait plus puissant et l'encourage à plus d'audace. Natacha fait glisser son visage sur le ventre de son homme, y dépose de doux baisers. Elle ne s'y attarde pas. Elle tend la langue et atteint la bite brûlante. Elle la remonte et la porte à sa bouche. Elle l'avale lentement, libérant le gland violet avec l'ourlet de ses lèvres. Fred lance la tête en arrière en soupirant, les yeux toujours clos. Un sourire se dessine sur son visage. Natacha se contorsionne et vient se placer entre ses cuisses ouvertes. Elle le suce en contemplant l'épanouissement de ses traits. Fred a entr'ouvert la bouche. Sa respiration vient couvrir le bruit de succion que Natacha prend plaisir à amplifier. Une main de Fred vient caresser les cheveux de la jeune femme. Il ouvre doucement les yeux.

— Hummm ! T'as pas sommeil ? gémit-il.

— Excuse-moi, je t'ai réveillé… minaude Natacha.

— C'est pas grave. C'est tellement bon…

Elle reprend le membre gorgé de sang dans sa bouche, et l'astique avec ses lèvres et sa langue. La pression de la main de Fred sur sa tête s'intensifie. Ses doigts jouent avec les longs cheveux roux de sa compagne.

— Oh ! Naty ! c'est bon ! Oui…

— Huuuummm, elle est toute chaude ! J'ai envie de la dévorer !

— Ooohh… Oui, vas-y ! Prends-la tout entière…

Natacha sent le sexe de Fred durcir encore entre ses lèvres. La jouissance est proche. Avec regret, elle cesse sa fellation. Sa main relâche la pression. Juste des effleurements du bout des doigts.

Fred comprend que Natacha veut sa part de plaisir. Il lui attrape la tête à deux mains et l'attire à lui. Ses seins ronds viennent heurter le membre turgescent, qui glisse rapidement dans le sillon étroit de la poitrine. Natacha vient poser son sexe glabre sur les bourses de Fred. Elle se déhanche doucement, faisant remonter les couilles de son amant à la rencontre de son clitoris. Elle remonte encore un peu et positionne les lèvres humides de sa fente sur la tige dure de son homme. Natacha la branle en ondulant du bassin. Chaque contact du gland gonflé sur son bouton rose lui arrache un soupir. Fred lui prend les fesses. Il adore palper ce cul charnu. Il écarte les deux globes de chair pour augmenter la caresse de la fente baveuse de Natacha sur sa bite. La jeune femme gémit dans son oreille puis se redresse en appuyant ses mains sur le torse musclé.

Natacha considère son homme. Sa peau blanche est éclatante dans la lumière bleutée de la lune.

— Prends-moi, Fred !

— Maintenant ?

— Oui, maintenant. Vas-y ! Fais-moi jouir ! Encore !

— Je t'aime, Naty ! Oh comme je t'aime…

Fred abandonne les fesses de Natacha et enroule ses bras autour de sa taille. Il la fait pivoter lentement, sans relâcher la pression de sa bite sur la motte. Il l'allonge tendrement, lui dépose un baiser dans le cou, et se cambre. Il place ses bras de part et d'autre du visage resplendissant de Natacha. Il amène son gland au bord de l'orifice luisant de mouille. Natacha l'appelle du regard, place ses mains sur les flancs de Fred et l'attire en elle. La lente pénétration leur fait tous les deux fermer les yeux.

Natacha stoppe Fred après quelques va-et-vient.

— Fred, attends…

— Quoi ? Qu'est-ce qu'il y a ? Tu veux qu'on change de position ?

— Non, c'est pas ça…

— Ben quoi, alors ? T'es bien sérieuse !

— Tu m'aimes ?

— Bien sûr…

Pour appuyer son propos, Fred lui enfonce sa verge jusqu'à la garde.

— Oooohhh !!! Fred ! Comme c'est bon !

— Ha ! Haa ! Haa !! gémit-il en lui envoyant encore trois coups de reins profonds.

— J'ai arrêté la pilule…

— Quoi ?

Fred a cessé tout mouvement. Il s'est figé, entièrement contracté, la bite au fond du sexe de Natacha. Elle le regarde, tente de percer ses pensées. Natacha brise le silence.

— Viens ! Prends-moi ! Baise-moi et jouis en moi ! Ou sur moi… Mais prends-moi !!!

— Je t'aime, Natacha… lâche Fred en se décontractant.

Le jeune homme plonge ses yeux bleus dans le regard vert de sa compagne. Il tente de lui traduire tout l'amour qu'il éprouve pour elle.

Natacha ouvre en grand le compas de ses jambes. Elle plonge ses mains dans la chevelure de Fred. Elle ne veut l'obliger à rien. Elle lui laisse toute liberté de mouvement. S'il se retire en sentant monter l'éjaculation, elle lui offrira ses seins moelleux. Mais pour l'instant, Il est en elle. Fred s'est redressé et lui a pris les chevilles. Il tient la fourche de ses jambes écartées et pilonne sa chatte de coups puissants. Natacha sent son plaisir monter. Une douce chaleur envahit son ventre. Encore quelques pénétrations profondes et elle va venir. Elle prend ses seins à pleine main, les caresse, dresse les tétons vers son homme qui se déhanche en haletant. Natacha geint. Son orgasme lui tire des petits cris plaintifs, si peu en accord avec la plénitude qui l'envahit. Ses mains coulent de ses seins à ses flancs. Ses jambes molles ne tiennent en l'air que par la prise de Fred. Le plaisir dure, dure, entretenu par les va-et-vient de cette bite brûlante et tendue. Et puis plus rien ! Plus un mouvement ! Le corps inerte de Fred s'écroule sur Natacha. Elle referme bras et jambes sur son homme et le serre fort. Complètement emportée par le plaisir, elle n'a pas senti les spasmes de la jouissance de son homme. Elle se demande s'il lui a donné sa semence, sa précieuse semence.

— Je t'aime, Fred !

— Moi aussi, Natacha, je t'aime !

Fred roule sur le côté. Natacha reste allongée sur le dos, sans bouger, à l'affût des moindres sensations d'écoulement dans sa fente. Mais non, rien ! Elle finit par s'endormir, avec une lueur d'espoir pour éclairer ses rêves.

La mante religieuse

Ludivine écoute son GPS, son seul repère dans la nuit, qui lui demande de tourner à gauche. Dans cent mètres, elle est arrivée. Elle passe sous un porche en pierres et gare sa Mercedes noire dans la cour de graviers. Jusque-là, tout lui semble parfait. Elle descend de sa voiture et emprunte l'escalier de granit qui mène à une large porte en bois. Ludivine s'empare du maillet et frappe trois coups brefs.

Patrick est surpris. Il n'attendait personne ce soir. Depuis que sa femme est partie avec les enfants, il occupe seul la ferme qu'il a hérité de ses parents. Il a bien rendez-vous avec cette femme rencontrée sur internet, mais demain. Il met un peu d'ordre sur la grande table en bois, jette un œil à la cuisine pour voir si la vaisselle ne déborde pas de l'évier, se regarde furtivement dans le miroir de l'entrée et ouvre la porte.

— Bonsoir ! Je suis Ludivine.

— Euh… Bonjour… Bonsoir… On avait rendez-vous ce soir ?

— Non, Patrick. Mais tu vas vite comprendre que c'est moi qui fixe les règles, lui lance la jeune blonde au regard glaçant.

— Euh… Bien… Entrez, je vous en prie.

— Merci de m'appeler par mon prénom quand tu t'adresses à moi, Patrick. Je ne suis pas un animal !

— Pardon, euh… Ludivine…

— Voilà qui est mieux. Puis-je passer ?

l'agriculteur ne s'était pas rendu compte qu'il n'avait qu'entrouvert la porte et que, sous le coup de la surprise, bien qu'il lui ait proposé d'entrer, il barrait le chemin à sa visiteuse.

— Pardon, Ludivine. Excusez-moi, je manque vraiment de courtoisie…

— En effet, Patrick. Sache que je n'ai pas l'habitude d'être traitée ainsi…

— Pardon… Lu…

— Assez !!! Arrête de t'excuser sans cesse !

— Bien… OK… D'accord Ludivine.

— Merci ! Voilà les paroles que j'attends de toi.

— Puis-je vous débarrasser ?

Ludivine ne répond pas et s'enfonce dans l'entrée. Elle pousse une porte, puis une autre, jusqu'à trouver l'entrée du salon dans lequel elle s'engouffre sans attendre d'y être invitée. Patrick la rattrape et lui demande à nouveau :

— Je peux prendre votre manteau ?

— Tu me parles ? Tu n'as rien oublié ?

— Ah ?!? Ludivine, puis-je vous débarrasser de votre manteau ?

— Avec plaisir, Patrick.

Ludivine retire sa capuche, dévoilant sa longue chevelure blonde attachée en queue de cheval. Elle défait le cordon de sa cape qui la couvrait de la tête aux pieds. Elle l'ouvre sur ses épaules, sans finir de la retirer. Elle regarde Patrick avec insistance, un long moment, avant que celui-ci ne comprenne qu'elle attend qu'il se place derrière elle pour recevoir son vêtement. Alors qu'il s'apprête à aller l'accrocher dans le couloir d'entrée, Ludivine l'interrompt.

— Où vas-tu ainsi ? Je désire garder ma cape près de moi. Plie-la en prenant grand soin, la capuche à l'intérieur !

Patrick s'exécute tant bien que mal. Il forme ce qui

ressemble à un carré et, alors qu'il s'apprête à poser le vêtement sur un fauteuil, Ludivine lui demande de le poser sur la table basse en verre, au milieu du salon.

— Elle m'a l'air plus propre que ton fauteuil, Patrick.

— Comme vous voulez, Ludivine…

— Exactement ! Comme je veux.

Patrick obéit. Il prend enfin le temps de détailler son invitée surprise. Elle semble grande, presque autant que lui. Du moins, sa silhouette fine est élancée. Elle porte une robe noire qui la couvre entièrement. Il ne distingue pas encore ses chaussures, mais son pas indique qu'elle porte des talons fins. Ses mains sont gantées de soie noire. Son visage au teint pâle parfait et sa chevelure blonde, presque blanche, tranchent sur ses vêtements sombres. Son rouge à lèvres carmin fait ressortir sa bouche pulpeuse. Elle est d'une grande beauté. Patrick est heureux de constater que la photo de son profil sur le site de rencontres qu'ils fréquentent tous les deux n'a pas menti.

— Je peux t'offrir quelque chose à boire, Ludivine ?

— Un thé. Vert. Sans sucre. Je te remercie, Patrick.

— Veux-tu t'asseoir, Ludivine ?

— Tu as un siège haut ? Sinon, ça ne sera pas la peine,

Patrick.

Patrick part chercher un tabouret de bar dans la cuisine. Il en profite pour mettre de l'eau à bouillir. Il installe le siège sur le grand tapis rouge, devant la cheminée, en face de son fauteuil. Ludivine s'y installe en croisant les jambes. Patrick en profite pour noter qu'elle porte des bottes noires à talons aiguilles. Il trouve cela très excitant. Il repart dans la cuisine, se sert une tasse de café encore chaud depuis la fin du souper. Il fouille ses placards à la recherche de thé vert. Il en découvre un vieux paquet, datant de l'époque où sa femme vivait encore ici. Trois ans, déjà ! Ludivine n'est pas la première femme qu'il rencontre depuis son célibat retrouvé. Mais elle est de loin la plus énigmatique, et peut-être la plus enflammée. Il avait repéré son profil au début du mois, et deux semaines après, elle insistait déjà pour qu'ils se rencontrent. Chez lui. Il avait apprécié de ne pas avoir à faire des dizaines de kilomètres, délaissant sa ferme et ses vaches pendant de longues heures. La bouilloire qui se met à siffler, le tire de ses rêveries. Il plonge trois sachets dedans, prend une tasse et une soucoupe, son café, et revient dans le salon.

Ludivine n'a pas bougé. Toujours cette posture droite sur son tabouret, un genou sur l'autre, les mains posées à plat sur ses cuisses. En passant auprès d'elle, Patrick détaille son profil. Sa poitrine n'est pas très marquée. Il imagine des petits seins en poire, qui iraient parfaitement avec le reste de la silhouette de sa conquête inattendue. Il tend la tasse à Ludivine. Elle le dévisage, semblant attendre quelque chose.

— Tu ne veux pas de thé ?

Elle ne répond pas. Bien sûr, il n'a pas ajouté « Ludivine » à sa question.

— Pardon… Je peux vous servir votre thé, Ludivine ?

— Oui, je t'en prie, Patrick.

Patrick lui donne la soucoupe, et verse délicatement le thé brûlant. Sa main tremble un peu.

— Tu es ému, Patrick ?

— Un peu… Je ne m'attendais pas à votre visite ce soir, Ludivine.

— Je te l'ai dit. J'aime fixer les règles dans ma relation aux hommes.

— Aux hommes ? Il y en a de nombreux ?

— J'ai une libido fort développée. Mais ceux qui ont eu la chance de partager mon lit ne s'en sont jamais plaints.

Patrick rougit. Ce qui l'avait attiré, chez Ludivine, c'était sa façon crue de parler de sexualité. Mais le filtre de la virtualité permettait à son propos de ne pas le choquer. Là, cette femme d'une trentaine d'années qui parle ainsi dans son salon le trouble.

Patrick s'assoit à son tour dans son fauteuil. Il croise également une jambe sur l'autre. Ludivine le considère. Il n'a pas menti. Il est grand, au moins quinze centimètres de plus qu'elle sans ses talons, et bien bâti. Un solide gaillard de la campagne, mais avec des traits fins. Ces cheveux blonds sont en accord avec son teint à elle. Oui, décidément, il est parfait. Ludivine engage la conversation :

— Donc, tu es divorcé, Patrick ?

— Pas exactement. Séparé depuis trois ans, mais on n'arrive pas à se mettre d'accord sur le partage des biens…

— Aaaahhh… soupire Ludivine. La vanité des engagements éternels…

— C'est sûr qu'on n'y pense pas quand on est devant monsieur le curé ! Et vous, Ludivine ? Vous avez eu des aventures sérieuses ? Vous m'avez bien dit avoir un enfant ?

— Pour répondre à ta première question, non. Je me lasse vite de ce que vous pouvez m'offrir, vous, les mâles. Mais oui, j'ai une fille.

— Et vous voyez encore son père ?

— Non ! Ce fut une aventure sans lendemain.

— Moi, mes enfants me manquent. J'imagine que votre fille doit manquer à son père, d'une certaine façon.

— Non, je ne crois pas. J'ai veillé à ce que cela ne puisse pas se produire.

— Ah ?!

Patrick est un peu interloqué par cette réponse équivoque. Il sent Ludivine agacée par cette conversation et il décide de changer de sujet.

— Ludivine, qu'est-ce qui vous a plu chez moi ?

— Ton isolement.

— Oh, ça va… vous savez, je ne suis pas si malheureux que ça. Mais c'est vrai que cette ferme au milieu de nulle part, ça n'aide pas à attirer les amis.

— Et tes voisins ?

— Tout ce qu'ils veulent, c'est que je me casse. Mon plus proche voisin, c'est un cousin. Il n'a pas aimé que je reprenne la ferme des vieux. Il espérait que je reste en ville et comme je n'ai ni frère ni sœur, il aurait mis le grappin sur les terres.

— C'est beau ce que tu racontes. C'est presque du Balzac ou du Maupassant.

— Ouais ! Peut-être ! Mais au quotidien, c'est un peu lourd.

— Heureusement que tu as internet.

— C'est indispensable pour la ferme. Et puis, ça permet de faire de belles rencontres, sans engagement…

— Je vois que nous avons la même philosophie. Passons donc au but de ma visite.

En disant cela, Ludivine s'est levée. Elle tend sa tasse vide à Patrick. Il la lui prend et repart machinalement la déposer dans l'évier de la cuisine, avec sa tasse de café pas encore finie. Par habitude, il lave méthodiquement les tasses et les soucoupes, qu'il place dans l'égouttoir. Il repense aux dernières paroles de Ludivine, qu'il n'a pas vraiment comprises. Il espère simplement ne pas se tromper sur leurs intentions à tous les deux. En revenant dans le salon, Patrick s'arrête net dans l'embrasure de la porte.

Profitant de l'absence de son hôte, Ludivine a retiré sa robe, qu'elle a pliée avec soin et posée sur sa cape. Elle attend Patrick, de nouveau assise sur le tabouret, les jambes croisées et les mains à plat. Patrick passe nerveusement sa main dans ses cheveux. Il prend une profonde respiration et pénètre dans son salon. Alors qu'il n'est pas encore arrivé à sa hauteur, Ludivine l'interpelle sans même se retourner.

— Enfin, te voilà, Patrick !

— Excusez-moi, Ludivine, je rangeais un peu la cuisine…

— Ne te semble-t-il pas qu'il y ait mieux à faire, Patrick ?

— Apparemment, si…

— Pardon ?

Ludivine a repris le ton cassant qu'elle avait à son arrivée. Le temps du badinage paraît terminé. Patrick n'a jamais connu de relation dominante-dominé, mais il sent que c'est pour ce soir. Tout en Ludivine indique qu'elle aura tout pouvoir sur lui. Outre ses intonations impératives, sa tenue obéit au dress-code SM. Ses bottes à talons vertigineux lui fusellent le mollet. Ses bas de vinyle noir sont tendus par des jarretelles attachées à un corset de cuir noir qui la couvre jusqu'aux épaules. Enfin, ses gants de soie remontent jusqu'à mi-bras. Seul son bassin est nu. D'où il est placé, Patrick distingue clairement un petit fessier ferme, sur des cuisses musclées mais fines. Plus il avance vers Ludivine, plus son sexe se gonfle de sang. Patrick se poste devant son invitée.

— Wouaaahhh ! Putain !

— Ne sois pas vulgaire, je t'en prie, Patrick !

— Excusez-moi, mais wouaaahhh !!!

— Et arrête de t'excuser. J'attends plus de toi !

— Comme ça, par exemple ?!?!

Patrick a attrapé Ludivine par sa queue de cheval et l'oblige à descendre du tabouret. Il l'attire à lui. Les deux partenaires se défient d'un regard noir. Ludivine se tient droite la tête légèrement penchée en arrière sous la traction de Patrick. Aucun des deux ne baisse les yeux. Patrick accentue sa traction sur la chevelure blonde de Ludivine, pour l'obliger à se baisser face à lui. Sans le quitter des yeux, Ludivine lui empoigne la bosse qui déforme son pantalon.

— Aaahhh ! beugle Patrick en relâchant la jeune femme.

— Je t'ai dit que c'est moi qui impose les règles ! dit-elle en serrant les dents.

— Aahhh ! lâche encore Patrick, en réponse à la torsion du poignet de sa maîtresse. Arrête ! Ça fait mal !

— Tu vas voir, tu vas vite aimer ça !

Ludivine relâche un peu la pression qu'elle exerce sur les couilles gonflées de Patrick.

— Allez ! Dessape-toi ! Et vite !

— OK, OK !

— OK mon chien ?! tonne Ludivine.

— OK Ludivine, souffle Patrick.

Il défait un à un les boutons de sa chemise à carreaux. Il la retire et la laisse tomber au sol dans son dos. Il fait passer son tee-shirt de coton blanc par-dessus sa tête et le lance sur sa chemise. Puis il s'attaque à sa ceinture de cuir, avant de dégrafer les boutons de son jean sali par le travail. La main de Ludivine l'empêche de poursuivre. De sa main libre, la blonde saisit la boucle de la ceinture et la tire des passants du jean. Elle libère les bourses de Patrick en le prévenant :

— Attention, pas de coup fourré ! Ou tu vas goûter au cuir.

— C'est bon, j'ai compris, Ludivine.

— C'est bien ! À poil, et vite !

Patrick baisse son pantalon et son slip kangourou. Il enlève ses chaussures sans les délacer, fait glisser ses derniers vêtements en arrachant au passage ses chaussettes de sport blanches. Nu comme un ver, mais le sexe légèrement tendu, il fixe fièrement Ludivine.

— Maintenant, branle-toi ! lui intime sa maîtresse.

— Comme ça, là, devant toi ?

— Oui ! Et jouis vite !

— Mais…

— Depuis combien de temps n'as-tu pas joui, Patrick ?

— Euh… ça fait deux trois jours.

— Alors vas-y ! Branle-toi devant moi que je jauge un peu ta virilité.

Patrick saisit son sexe et commence à faire coulisser sa main sur sa tige. Petit à petit, une belle érection lui forme la queue. Ludivine passe derrière lui. Elle lui souffle dans le cou, plaque son corps contre son dos. Elle passe une main en avant et vient lui caresser les couilles avec une infinie douceur. Patrick accélère sa masturbation. La main gantée de soie lui malaxe les couilles plus fermement, ce qui augmente son plaisir. Une goutte de liquide perle au bout de son gland, Il accélère encore, se crispe. Son sperme part en saccades sur le tapis rouge.

— Aaaahhh… Ouiiii… gémit-il.

— Continue ! Branle-toi encore ! Lui ordonne Ludivine en relâchant son paquet.

Elle quitte son dos et vient s'accroupir face à lui. Elle dégage la main de Patrick et engloutit la queue encore bandée entre ses lèvres. Elle repousse la main masculine qui veut lui imprimer le rythme de la succion.

Patrick sent son membre prendre encore un peu de volume malgré sa jouissance toute récente. Ludivine le recrache et se redresse.

— Allonge-toi ! Sur le dos !

— Tu la veux, hein ?! Finalement, tu la veux ma bite !

— Je ne suis venue que pour ça, mon pauvre Patrick, lui lance Ludivine d'un ton condescendant.

Il s'allonge sur le tapis. Elle vient se placer à califourchon au-dessus de lui. Elle attrape sa queue à pleine main et la dirige vers son sexe entièrement épilé. Elle s'écarte les lèvres à l'aide du gland et s'enfonce la tige raide en se laissant tomber lourdement sur Patrick.

— Humm !!! Elle est bien grosse… Tu es un bon mâle, murmure-t-elle.

— Ta chatte est douce, Ludivine.

— Elle t'attendait. Elle avait faim d'une longue queue comme la tienne depuis si longtemps.

Ludivine se penche en avant et passe la ceinture autour du cou de Patrick. Elle la serre doucement. Il tente de se débattre, mais Ludivine ondule du bassin pour lui masser la verge de son vagin. Il succombe à la caresse et accepte la laisse de sa maîtresse.

— Tu vas voir, Patrick, c'est encore meilleur ainsi.

— Ça serre ! C'est un peu douloureux, quand même, bredouille le pauvre prisonnier.

— Oui, mais ta queue va encore gonfler. Humm ! Je la sens déjà.

— Oh, Ludivine… Oh oui ! C'est bon !

Ludivine monte et descend sur la tige gorgée de sang, sa respiration devient plus profonde, alors que celle de Patrick est de plus en plus pénible. La maîtresse tire encore sur la laisse. Le visage de Patrick s'empourpre.

— C'est la pleine lune ce soir, Patrick.

— Et alors ? articule-t-il avec difficulté.

— J'ai un cycle menstruel parfaitement calé sur la lune. Quand elle est pleine, je suis au top de ma fécondité. C'est pour ça que je suis là.

— Qu… quoi ? souffle-t-il à peine conscient.

— Je suis venue pour que tu me donnes ta semence. Je t'ai choisi entre cent, car tu corresponds parfaitement à mes critères d'idéal masculin, dit Ludivine en gémissant de plaisir.

Patrick a les yeux exorbités. Il suffoque. Ses forces l'abandonnent. Seule sa bite reste tendue à l'extrême. Ludivine se l'enfonce de plus en plus vite, de plus en plus fort.

— Jouis, Patrick ! Vas-y ! Féconde-moi ! hurle-t-elle en accentuant encore la pression du cuir sur la gorge de son mâle reproducteur.

— Salope ! lâche Patrick dans un dernier souffle.

Sa vue se trouble. Il sent sa bite frémir. Son sperme lui parcoure le sexe en jets chauds et douloureux. Il expire en remplissant Ludivine de sa semence. Elle ondule de plaisir. Elle reprend sa respiration et desserre enfin la ceinture du cou de Patrick, sans vie. Elle dégage son sexe flasque de son vagin.

Ludivine se relève et prend sa robe qu'elle étale sur le corps de son amant. Elle remet sa cape sur ses épaules, refait le nœud du cordon, jette sa capuche sur sa tête et se met à fouiller la maison de son hôte. Elle débranche tous les ordinateurs qu'elle trouve, les prend dans ses bras et se dirige vers la porte d'entrée. Elle descend les escaliers et va ouvrir le coffre de sa voiture. Elle y place ses trouvailles puis en sort un jerrican d'essence et une boîte d'allumettes. Elle revient dans le salon, sans hâte, vide le bidon sur la dépouille de Patrick puis recule de trois pas en craquant une allumette.

— Tu m'as certainement fait un bel enfant, mon cher Patrick. Dommage pour toi, tu ne le sauras jamais. Toi non plus, déclame Ludivine en lançant l'allumette sur le tapis rouge.

Après s'être assurée que le feu avait bien pris et qu'il ne tarderait pas à se propager à toute la ferme, faisant disparaître toutes les traces qu'elle aurait pu laisser, Ludivine repart dans sa Mercedes noire. Un large sourire fend son visage. Elle serre les cuisses pour ne pas laisser échapper une goutte de la précieuse semence. Elle vient de commettre le crime parfait. Comme pour son premier enfant.

Procréation
médicalement assistée

La navette arrivant de la piste d'atterrissage en terre, s'arrête devant l'accueil du Maluma Lodge. Les cinq nouveaux arrivants descendent. Il y a Pauline et Antoine Martial, le professeur Luigi Marcetti, et le couple Opokine. Les employées s'activent pour décharger leurs bagages.

Marc Dieu se tient debout dans le hall. Il a toujours tenu à être celui qui accueille les nouveaux venus dans son établissement. Depuis dix ans, il n'a pas manqué un seul de ces moments. D'ailleurs, il n'a pas eu un jour de vacances depuis l'ouverture. Mais quand on possède une concession de quinze mille hectares en Afrique du Sud, a-t-on vraiment besoin de vacances ?

Son domaine, bordé à l'ouest par la rivière Limpopo est idéalement situé pour la pratique de la chasse au gros gibier. Les accords passés avec le gouvernement lui permettent même de participer au plan de prélèvement des races du big five. Le luxe de son établissement et la compétence de ses rangers en fait un des plus courus des chasseurs amateurs. Aujourd'hui, il accueille donc deux couples et un homme seul.

Antoine Martial est journaliste pour un nouveau magazine, « Chasseur de grand gibier ». Son patron lui a permis d'être accompagné de son épouse pour ce premier grand reportage hors de France. Marc Dieu offre le séjour, pour remercier le magazine de commencer cette série sur les grandes destinations de chasse par le Maluma Lodge. Luigi Marcetti est un habitué. Il vient depuis cinq ans, juste après la saison des pluies. Ce Gynécologue obstétricien de renom, grand chasseur, est un excellent tireur, dans la plus grande tradition italienne. Dimitri Opokine, fils d'un nouveau riche russe, est en voyage de noces. Il a épousé Roksana, mannequin de son état, il y a dix jours, et ils terminent leur séjour en Afrique du Sud par ce safari.

Pendant que le personnel répartit les bagages dans les

trois suites climatisées, Marc Dieu propose à ses hôtes de passer à table pour le déjeuner. Le cuisinier, français lui aussi, apporte une touche traditionnelle à des mets exotiques comme le zèbre ou le crocodile. C'est aussi ce qui fait la réputation de cette réserve.

Le propriétaire, vêtu de lin blanc, partage le repas avec ses clients. C'est un moment important, durant lequel il va jauger les personnalités. Cela lui permettra d'adapter le safari de cet après-midi pour garantir la sécurité du groupe. S'il connaît parfaitement le docteur Marcetti, et si la réputation qui précède Martial est plutôt flatteuse, Dieu se méfie du jeune Opokine. Son attrait pour les armes à feu lui a souvent valu les gros titres de la presse à scandale. Brandir des revolvers dans les carrés VIP des plus grandes discothèques de la planète alors qu'on est sérieusement éméché, n'est pas gage de la sérénité que requiert la chasse en savane. Marc Dieu observe maintenant les deux femmes. Pauline, brune plantureuse au visage sévère, est très réservée. Elle boit les paroles de son mari et de Luigi Marcetti alors qu'ils échangent sur leurs plus grands coups. Elle semble elle aussi aimer la chasse, mais Dieu ne sait pas encore si elle tire elle aussi.

Enfin, Il observe Roksana Opokine. La jeune mannequin semble complètement perdue au Maluma Lodge. Elle a suivi son mari, mais elle aurait certainement préféré continuer à faire les boutiques de luxe dans les grandes villes du pays. C'est toute sa vie. Même si elle n'a jamais connu de gloire internationale, elle fait partie de cette masse floue sans laquelle aucune fashion week ne pourrait avoir lieu. Peut-être va-t-elle se révéler une bonne chasseuse ?

Le repas se terminant, Marc Dieu propose à chacun d'aller se reposer et se changer dans sa suite avant le départ pour le mini safari à quinze heures. Lui-même va rapidement se changer avant de réunir ses rangers, qui lui apprendront où il aura la chance de trouver des proies faciles pour ses clients.

Dimitri et Roksana pénètrent pour la première fois dans leur suite. Bien qu'habitués aux palaces, ils sont surpris de trouver un tel niveau de luxe au beau milieu de la brousse sud-africaine. Le personnel a déjà vidé leurs valises dans les grandes penderies du dressing, disposés dans la salle de bain tous les produits de beauté de

Roksana. Comme d'habitude, ils n'ont rien à faire, si ce n'est profiter des lieux. Depuis leur balcon, ils découvrent la vallée du Limpopo, qui serpente paresseusement en larges méandres. Deux longues-vues sur pied leur permettent de découvrir quelques animaux venus boire au fleuve. Roksana est émerveillée. Elle se jette au coup de Dimitri et l'embrasse fougueusement pour le remercier.

Saisissant l'occasion, le jeune milliardaire soulève sa femme et s'engouffre dans la chambre en la portant sur son épaule. Ils s'affalent tous les deux en riant sur le lit king size.

— Allez, mon Tarzan ! dit Roksana en se mettant à califourchon sur son mari, fais-moi l'amour sauvagement !

— Oui ! Moi, Tarzan ! répond Dimitri en singeant une mine de sauvage. Moi, homme ! Toi, femme ! Moi prendre toi

Il prend Roksana par la taille et la renverse sur la couette moelleuse.

— Oh, non ! Au secours ! Au secours ! lui lance Roksana faussement apeurée, les bras par-dessus la tête.

Déjà, Dimitri lui a retiré sa robe Dior. Roksana est

entièrement nue. Elle n'a jamais de sous-vêtements. Ceux que lui imposait plus jeune sa mère dans la banlieue de Saint-Pétersbourg, étaient si laids et si inconfortables que la jeune femme refuse maintenant d'en porter. Elle pousse le dégoût jusqu'à refuser toute séance photo en maillot ou en lingerie. Elle se retrouve donc entièrement offerte à son mari.

Dimitri se jette sur ses seins minuscules. Il les presse, et dévore les tétons d'une bouche gourmande. Roksana soupire de plaisir et l'encourage à plus d'audace. Le jeune Russe glisse une main entre les cuisses de son épouse, lui écarte les lèvres sans ménagements et plonge deux doigts dans son vagin encore sec. Roksana écarte les cuisses pour faciliter les mouvements de Dimitri. Elle sent sa queue gonflée contre sa hanche.

— Prends-moi, mon amour ! lui susurre-t-elle.

— Oui, ma Roksana, je vais te prendre. Je vais te faire jouir.

Dimitri s'excite contre la jambe de sa femme. Elle l'entend grogner sur sa poitrine, un téton entre les lèvres. Il vient se placer sur elle. Sa bite coulisse sur la fente de la jeune fille, qui commence à onduler. Dimitri fait encore quelques va-et-vient hors du sexe de Roksana, venant titiller son clito de son gland. Soudain, il se contracte. Sa respiration se bloque. La jeune mannequin sent le sperme chaud de son mari se répandre sur son ventre.

— Ooooh ! souffle Dimitri en se relâchant.

— Mon amour, je t'aime ! lui glisse Roksana au creux de l'oreille. J'aurais tant voulu sentir ta queue en moi…

— J'aurais bien aimé, moi aussi… lui confesse le jeune homme un peu honteux.

Roksana a déjà quitté le lit. Elle trottine vers le dressing.

— Allez, Dimitri, préparons-nous ! J'ai hâte de voir tous ces animaux de plus près.

Sur la terrasse du restaurant du Maluma Lodge, Marc Dieu discute avec Antoine Martial des libertés qu'offre l'Afrique du Sud aux entrepreneurs qui peuvent attirer des devises. Marcetti raconte encore et toujours à Pauline les exploits de Tartarin qu'il a vécu les années précédentes en ces lieux. Derrière eux, un groupe de cinq rangers en treillis, d'immenses colosses noirs, prépare les carabines pour les clients. Ils portent tous en bandoulière leur propre fusil, et à leur ceinture, un revolver dont les chromes luisent sous le soleil brûlant de l'après-midi. Le couple Opokine est le dernier à se joindre au groupe. Dieu en profite pour les briefer sur les quelques règles essentielles de sécurité. Il sait bien que Marcetti et les Martial les connaissent. Mais il insiste pour retenir l'attention de Dimitri. Bien qu'aucun alcool n'ait été servi au repas de midi, il se méfie du caractère désinvolte du jeune millionnaire. Le groupe se répartit dans deux Land Rover et prend la piste vers le territoire de chasse.

Après une heure de chasse, peu de coups de feu ont retenti dans la savane. Pauline Martial a abattu un zèbre lancé en pleine course, forçant l'admiration de Marc Dieu et de Marcetti. Le gynécologue n'a pas manqué lui aussi sa cible. Bien plus facilement que Pauline, il s'est offert un impala en train de brouter à l'écart du troupeau. Les rangers concentrent maintenant leurs efforts à offrir à Opokine une proie de choix. Il est le seul avec un fusil à n'avoir pas encore fait usage de son arme. Roksana s'est jugée trop frêle pour ce sport, et Antoine Martial a préféré se concentrer sur la prise de clichés pour illustrer son article.

Soudain, les rangers s'agitent et parlent entre eux dans un langage inconnu des chasseurs amateurs. Dieu se tourne vers Dimitri.

— Tenez-vous prêts ! Cette pièce est pour vous !

— Où ça ? Je ne vois rien… répond le jeune homme en préparant sa carabine.

— Derrière le bosquet d'acacias… Un koudou ! Laissez-le avancer encore un peu…

Dimitri parvient à distinguer l'animal entre les branches. Il épaule et presse la détente. Le claquement sec fait détaller l'animal, sain et sauf.

— Vous tirez trop vite ! s'emporte Dieu.

— Et toi, le Français, tu parles trop ! lui rétorque Dimitri en pointant son arme sur lui, vexé par cette remarque.

Déjà, deux rangers l'ont mis en joue. Ils n'attendraient même pas qu'il tire pour l'abattre. Un silence assourdissant envahit ce décor de rêve.

— Dimitri ! hurle Roksana en sanglots. Arrête ! Je t'en prie !

— Vous devriez écouter votre épouse, chuchote Marcetti.

— Qu'il arrête de se foutre de ma gueule, alors ! crie le jeune homme en désignant Marc du menton.

— Je crois qu'il ne faisait que vous donner un conseil, reprend Luigi.

— Hé bien j'espère ! Mais qu'il arrête avec ses sous-entendus… lâche Dimitri en baissant son arme.

Dieu foudroie Opokine du regard. Flegmatique, il ordonne à un de ses rangers de désarmer Dimitri. Le safari reprend, mais le cœur n'y est plus. Après une petite demi-heure de marche, Marc Dieu annonce la fin de la chasse. Tout le monde reprend la piste vers le Maluma Lodge.

Arrivés à l'hôtel, les clients regagnent leurs suites pour remplacer leurs habits de chasses par des tenues plus décontractées. Seul Dimitri reste au bar et commande une bouteille de vodka. Il boit seul, maudissant le propriétaire des lieux.

Pauline Martial est la première à revenir. Elle porte une robe blanche légère sur son maillot de bain deux pièces. Elle s'installe sur un transat de la terrasse du Maluma Lodge, retire sa robe, et offre son corps aux formes épanouies au soleil qui commence à décliner. Luigi Marcetti et Antoine Martial s'assoient sur deux tabourets au comptoir du bar. Ils ne prêtent pas attention à Opokine qui grommelle en enchaînant les verres. Antoine enivre l'italien d'un flot de question sur ses innombrables parties de chasse à travers le monde.

Le soleil a disparu derrière le fleuve. Un coucher d'une rare beauté. Seuls les cris de quelques animaux, au loin, ont troublé la quiétude de l'instant. Le personnel a dressé la table sous la tonnelle couverte de branches tressées. Une table somptueuse, avec argenterie, assiettes de porcelaine et verres de cristal. Marc Dieu fait son entrée. Vêtu d'un costume sombre sur une chemise blanche au cou défait, il est d'une grande classe. Pauline Martial a remis sa robe légère, et vient prendre place à droite du maître des lieux. Son mari se place à ses côtés, et fait face à Dimitri qui a quitté le bar, mais pas sa bouteille de vodka. Marcetti s'installe en bout de table, face à son hôte et ami. Une place reste vide ; celle de Roksana. Dieu propose néanmoins à ses invités de commencer le repas.

Alors que les serveurs commencent à apporter les entrées, Roksana fait son apparition sous la tonnelle. Le silence se fait. Tous les regards se tournent vers la jeune mannequin. Vêtue d'une robe fourreau noire au décolleté vertigineux, ses longs cheveux blonds coiffés dans un chignon impeccable, elle est l'incarnation de la beauté froide des femmes russes. Dieu l'invite à prendre place à sa gauche. Roksana s'installe en inondant la table de son sourire candide. Un serveur lui apporte déjà son entrée.

Le repas se passe dans une franche bonne humeur. Les vins locaux se marient à merveille avec la cuisine française si inattendue ici. Même Opokine a ravalé sa rancœur et plaisante avec les autres convives. Il échange avec son épouse des regards langoureux.

Le repas terminé, Marc propose un cognac. Tout le monde quitte la table et s'installe dans les canapés profonds du bar. Les femmes se racontent leurs vies si différentes. Les trois chasseurs anticipent le grand safari du lendemain. Seul Dimitri reste un peu à l'écart. Il n'est pas triste ; il a sa compagne préférée : une bouteille d'un excellent cognac.

Le couple Martial prend congés en premier. Roksana se joint alors à Dieu et Marcetti, qui entourent Opokine sans vraiment discuter avec lui. Quand, vers vingt-trois heures, Marc Dieu part rejoindre ses rangers pour mettre en place la surveillance de nuit contre les fauves, Luigi et Roksana réalisent que Dimitri est ivre mort.

— Je vais le porter jusqu'à votre chambre, si vous voulez ? propose l'italien.

— Avec plaisir, Luigi. J'en serais bien incapable seule.

Marcetti charge le jeune homme sur son dos. Roksana le précède jusqu'à leur suite. Luigi ne peut s'empêcher de poser les yeux sur le petit cul qui se dandine devant lui. La jeune blonde pousse la porte et la tient ouverte pour faciliter l'entrée du gynécologue, qui va déposer lourdement son fardeau sur le grand lit. Roksana se poste devant son mari, le regard rouge.

— Ça ne va pas ? lui demande poliment Marcetti.

— Oh, rien de terrible… soupire-t-elle en se reprenant. Du moins, je l'espère…

— Je vous souhaite une bonne soirée, madame Opokine, dit Marcetti en se dirigeant vers la porte.

— Luigi ! l'interpelle la jeune femme. Ça vous dit un

bain de minuit ?

— Euh… oui ! Pourquoi pas ?!?!

— J'ai besoin de me détendre, mais je crois que j'aurais un peu peur seule dans la nuit.

— Pas de problème, Roksana. Je vais me changer. Retrouvons-nous dans cinq minutes au bord de la piscine.

— Très bien ! Merci de me tenir compagnie, Luigi !

Marcetti repart vers sa suite. Roksana regarde son mari étendu sur le lit. Elle est envahie par une énorme tristesse. Ses yeux rougissent. Elle tourne les talons et se rend dans le dressing pour ranger sa robe et se préparer.

Cinq minutes plus tard, le gynécologue italien est assis sur un transat au bord de la piscine. Quelques flambeaux éclairent la nuit. Les lumières de la piscine forment un halo bleuté. Roksana apparaît dans la nuit. Son peignoir de soie rouge et sa peau blanche se détachent dans la pénombre. Elle est encore plus belle que dans son fourreau noir et ses cheveux défaits lui donne un côté sauvage. Elle vient s'asseoir auprès de Marcetti.

— Vous pensez qu'elle est bonne ? demande-t-elle innocemment ?

— Il n'y a qu'un moyen de savoir, dit l'Italien en se

levant.

Il ouvre son peignoir blanc au logo du Maluma Lodge et plonge directement. Le bruit de l'eau qui se fend déchire le silence de la nuit.

— Hummm ! Elle est parfaite ! lance le nageur en ressortant la tête de l'eau. Venez, Roksana !

La jeune femme se lève et défait la ceinture de soie. Son peignoir glisse sur son corps nu. Marcetti ne peut s'empêcher d'admirer la perfection de ses formes.

— La nudité ne vous gêne pas, Luigi ?

— Vous savez, dans mon métier… répond-il faussement détaché.

Roksana plonge à son tour. Son corps glisse avec fluidité dans l'eau. Les deux baigneurs font quelques longueurs côte à côte. Roksana s'arrête quand elle reprend pied et vient se plaquer dos à la paroi, en face d'un jet qui lui masse les reins.

— Aaaah !… Comme ça fait du bien !

— C'est vrai ! Depuis cinq ans, je n'avais jamais profité de la piscine à cette heure, confesse Marcetti.

— Moi, je ne fréquente pas un hôtel sans goûter à ce plaisir. Nue, dans l'eau, je me sens libre et j'oublie tous mes problèmes…

— Vous avez des problèmes ? s'étonne Marcetti.

— Hélas ! Je vous entends déjà, Luigi. Comment une jeune fille qui a tout peut avoir des problèmes ?

— Excusez-moi, Roksana. Mais avec ma clientèle aisée, j'ai appris à relativiser les ennuis des riches…

Luigi s'est arrêté de nager et s'est adossé à côté de Roksana. La jeune femme laisse courir son regard dans la nuit.

— Si je vous disais que j'ai peur.

— Vous ? Et de quoi ?

— De mon beau-père…

— Vladimir Opokine ?

— Oui. J'ai peur qu'il ne s'en prenne à moi.

— Et pourquoi donc ? Roksana, vous m'inquiétez !

— J'ai menti pour épouser Dimitri.

— Menti ? Et sur quoi ?

— Je lui ai dit qu'il m'avait mise enceinte…

— Et ?

— Et c'est faux… Et maintenant, quand Vladimir va apprendre cela, j'ai peur de sa réaction. En Russie, il n'est pas connu pour plaisanter…

— Mais vous pouvez sans doute rattraper l'affaire.

Dimitri semble très amoureux...

— Justement ! Depuis notre mariage, il est... enfin... comment dire ? Il jouit trop vite !

— S'il jouit, ça peut suffire.

— Il part avant même de me pénétrer...

— C'est plus gênant...

Les yeux de Roksana se brouillent à nouveau. Pour cacher son désarroi, elle se retourne et s'accoude au bord de la piscine. Le jet d'eau chaude lui masse le pubis.

— Je comptais sur notre voyage de noces pour qu'il m'engrosse, mais cet imbécile passe son temps à boire. J'avais tout calculé ! Et durant notre séjour au Maluma Logdge, j'étais féconde. Mais voilà, il est ivre mort !

— Vous pourriez lui faire l'amour pendant son sommeil. L'alcool a un pouvoir désinhibant...

— Ça aussi, j'ai essayé ! Quand il est comme ça, il reste mou comme du chewing-gum !!!

— Votre affaire semble un peu désespérée, Roksana...

— Vous pourriez m'aider... lance la jeune fille en fixant Marcetti.

— Et comment ?

Roksana se détache du bord de la piscine et se place face à Marcetti. Son regard a changé. La mélancolie a fait place à la détermination. Elle avance la main vers le bas-ventre de l'italien.

— Vous êtes un homme, vous !

— Oui, il semblerait… Mais vous n'y pensez pas ?!

— Luigi ! Sans vous, je suis perdue ! Le mois prochain, il sera déjà trop tard !

Marcetti ferme les yeux alors que les doigts de Roksana glissent sous l'élastique de son slip de bain. Elle joue avec son sexe, bien vite à l'étroit dans le tissu.

— Roksana, vous êtes folle !

— Non, Luigi ! Désespérée…

Marcetti tend la main et vient caresser la joue de Roksana. De sa main libre, la jeune fille lui baisse son slip de bain, dégageant sa queue déjà dure. Elle s'approche encore et plaque son corps menu contre le buste saillant du gynécologue. Ses petits seins sont gonflés par l'excitation. Elle titille la poitrine de Marcetti de ses tétons dardés. Les yeux dans les yeux, les nouveaux amants appréhendent ce qu'ils entreprennent. Luigi tend le cou vers la jeune fille qui lui saisit la bouche de ses lèvres pulpeuses. Le baiser timide s'embrase quand Marcetti colle leurs bassins en lui plaquant les mains sur les fesses. Roksana enroule une jambe autour de la cuisse de Luigi. Sa fente s'écarte légèrement, elle guide le gland rougi entre ses lèvres. Marcetti la soulève doucement, et la laisse redescendre lentement sur son membre. Elle lance la tête en arrière, laissant ses longs cheveux blonds s'étaler à la surface de l'eau. L'Italien lui embrasse le cou fébrilement, alors qu'il lui imprime un mouvement langoureux de ses mains puissantes.

— Oooh ! soupire Roksana. C'est bon de se sentir remplie…

— Comme ta peau est douce !

— Comme ta bite est dure…

Roksana passe les bras autour du cou de Marcetti et accompagne les mouvements qu'il imprime à son bassin. Le silence de la nuit n'est troublé que par le clapotis de l'eau.

La jeune femme reprend la bouche de son amant. Si heureuse d'être enfin baisée, elle sent un premier orgasme monter. Les coups de reins de Luigi lui font perdre la tête. Elle enfonce sa langue dans la bouche de l'Italien pour masquer les gémissements que lui arrache sa jouissance. Les joues rougies et les yeux brillants, Roksana se détache de Marcetti, et regagne l'escalier de la piscine en quelques brasses. Elle s'assoit au bord le l'eau, les cuisses écartées, et fait signe à l'homme d'avancer. Marcetti plonge sous l'eau et nage vers la jeune fille. Il glisse entre ses jambes et vient embrasser son clitoris. Roksana se tend et lui attrape la tête. Elle se branle avec sa langue dardée. Un deuxième orgasme la foudroie en deux minutes.

Le souffle court, la jeune fille se relève et marche en roulant du cul vers un transat. Elle prend la serviette posée sur le dossier et essuie délicatement sa chevelure. Marcetti sort à son tour de la piscine et vient se coller au dos de Roksana. Il lui attrape les seins en lui léchant l'oreille. Elle laisse tomber la serviette à ses pieds et s'abandonne à nouveau. Roksana se penche en avant et pose un pied sur le transat, ouvrant le chemin de sa fente luisante de désir. Luigi glisse ses mains des seins à la taille de la jeune Russe, plie légèrement les genoux et vient placer son sexe sur la rondelle plissée de son cul.

— Non, Luigi, pas par là ! souffle-t-elle. Prends ma chatte et jouis en moi ! Baise-moi et remplis-moi de ton sperme !

Marcetti glisse sa bite entre les lèvres ourlées de

Roksana et la pénètre paresseusement. Il gémit quand ses couilles touchent la cuisse de son amante. Roksana écarquille les yeux, comblée par le sexe gorgé de sang. Elle appuie ses mains sur l'accoudoir du transat et pousse son corps entier contre Luigi. L'Italien commence de lents va-et-vient, faisant presque ressortir sa queue entièrement pour la plonger chaque fois plus profondément. Roksana geint de plaisir, pousse des petits cris aiguës, lance la tête en arrière, cherche son amant d'une main. Marcetti halète. Ses mouvements de bassins sont plus rapides, plus saccadés. La pression de ses mains sur les fines hanches se fait de plus en plus puissante.

Roksana hurle son plaisir. Au fond de son vagin, elle serre la verge du gynécologue, sent les spasmes de l'éjaculation lui déclencher des vagues orgasmiques.

Le silence revient sur la Maluma Lodge. Les amants se séparent. Dans la nuit, Roksana croit apercevoir le blanc des yeux d'un ranger en patrouille. Elle enfile rapidement son peignoir et se pend au cou de Marcetti.

— Merci, docteur Marcetti ! J'espère que votre opération sera couronnée de succès, minaude-t-elle.

— Si c'est le cas, Roksana, tu connais un excellent gynécologue pour ton suivi de grossesse, plaisante Luigi.

Ils repartent en silence vers la suite de Marcetti. Roksana n'a pas envie de retrouver son mari ronflant immédiatement.

Demain, Marcetti abattra un grand Koudou. Il fera préparer pour Dimitri le trophée par les rangers. Le jeune Russe pourra repartir avec les longs bois de l'animal en souvenir de son safari africain.

Coups doubles

Putain, Tom, Zen !!! Calme-toi ! Respire... Thomas fouille sa poche de jean à la recherche de ses clés. Pourtant, elle n'est pas bien grande, cette poche... Mais la bosse qui déforme son boxer gêne sa recherche. Derrière lui, Elise et Nath gloussent. La blonde délurée a posé sa main sur l'épaule de la brune BCBG. Elle est visiblement un peu bourrée. De toute façon, il faut certainement qu'elle soit dans un drôle d'état pour avoir proposé ça à Tom.

C'était il y a une demi-heure, au Queen. Thomas y a ses entrées, pour services rendus sur les ordis des DJ. Sinon, un geek comme lui pourrait bien poireauter des heures, il n'aurait aucune chance de passer... Il avait repéré cette petite bombe blonde au carré court complètement asymétrique qui s'éclatait sur la piste vers une heure du matin, l'avait abordée dix minutes plus tard en prévoyant encore un joli râteau. Mais, pour une fois, la fille répondit à ses avances et avait conclu dans le quart d'heure. Elle était chaude comme la braise. Son corps androgyne se collait à celui de Tom sur les rythmes électro d'un DJ au meilleur de sa forme. Puis ils étaient revenus au bar, et Elise lui avait présenté Nath, sa collègue de bureau, plus vieille qu'elle, avec un look presque trop classique pour les lieux. Elise avait été directe.

— T'habites loin ?

— Non, à dix minutes en voiture.

— C'est Ok pour moi si Nath peut venir…

La proposition avait laissé Tom sur le cul. Un de ses plus grands fantasmes s'offrait à lui, comme ça, sans même batailler. Le sourire charmeur que lui avait lancé la brune dans son tailleur gris l'avait achevé. Il avait pris ses clés et s'était dirigé vers la sortie, entraînant Elise par la main. Nath avait posé son verre sur le comptoir et leur avait emboîté le pas.

Le voyage n'avait pas été calme. Elise s'était jetée sur la banquette arrière de sa Fiat 500 de 65, laissant la place passager à sa collègue. Mais elle s'était glissée entre les sièges dès le départ, et sa main avait parcouru la cuisse et l'entrejambe de Tom pendant tout le trajet. Il en avait même raté son créneau, provoquant le rire des deux femmes. Dans l'ascenseur, elles s'étaient collées toutes deux à son corps et avaient couvert ses joues de baisers. Et maintenant, il est là, sur son palier, et ne trouve toujours pas ses clés.

Tom sort triomphalement la clé de son studio de la poche retournée. Il la glisse dans la serrure. Ce geste qu'il a fait des milliers de fois lui évoque ce soir d'autres introductions… *Calme… Respire à fond !!!* Il entre dans son studio un peu en bordel et allume la lumière. Elise se précipite à l'intérieur et se jette sur lui. Ses mains partent à l'assaut du corps de Tom. Sa bouche se jette sur celle de sa conquête. Tom la saisit par la taille et la soulève de terre. Elise enroule ses jambes autour de la taille de Tom et passe ses mains gourmandes dans ses cheveux ras.

Tom allonge la jeune fille sur le lit. Déjà, Il lui remonte le tee-shirt. Ses lèvres partent à la découverte de ce corps si mince. Elle n'a pour toute poitrine que deux tétons bruns dressés par le désir. Tom les dévore avec envie. Le corps entier de la blonde réagit et se cambre dans un gémissement de plaisir. Nath fait son entrée dans le studio. Elle ne quitte pas le couple des yeux en s'asseyant sur un fauteuil de bureau moelleux qui traîne là, servant de penderie à une chemise déjà froissée. Elle défait sa veste et l'envoie valser sur la moquette. Elle regarde avec envie les deux corps qui s'entrelacent dans des sons obscènes.

Elise se contorsionne pour faire glisser son legging. Tom plaque la main entre ses cuisses et a la surprise de tomber directement sur sa fente moite. *Pas de culotte !?!? Putain ! Je suis tombé sur une chaude !!!* Il s'empresse d'y glisser un doigt. Elise rejette la tête en arrière en soufflant. Tom abandonne ses tétons dardés et pose le regard sur Nath. Elle a passé une main dans son chemisier de soie blanc et joue avec un sein. Son autre main remonte langoureusement sa cuisse, repoussant vers son ventre le tissu gris de sa jupe droite.

— Tu viens ?

— Non, pas tout de suite… J'ai envie de regarder Elise prendre son pied en me caressant.

— T'inquiètes ! Il en restera pour toi !

— Mais j'y compte bien, mon petit bonhomme…

Thomas replonge sur le corps d'Elise. Il délaisse les seins de la blonde et glisse sur son corps en le parcourant de baisers. Il s'attarde un instant sur son ventre creusé, puis se faufile entre ses cuisses pour lui dévorer le sexe. Il fait tourner sa langue sur le clitoris qui pointe, fièrement dressé entre les lèvres d'une vulve glabre. Elise lui plaque la bouche sur sa chatte.

— Vas-y ! Bouffe-moi ! Bouffe mon petit minou, mon chéri ! Après, tu me baiseras…

Tom déploie tout son art du cunnilingus. Sa langue agile et rapide titille le clito rose et dur. Il alterne jeux de langue et prise en bouche. Il aspire littéralement le bouton entièrement décalotté, le pince entre ses lèvres. Le corps d'Elise tressaute, tremble, coule dans sa bouche. Elle jouit, une première fois.

— Oohh… Oui ! C'est bon ! T'es doué, mon cochon !

— T'en veux un autre ?

— Oh oui… Mais pas comme ça ! Prends-moi maintenant ! Je veux ta bite !

Thomas défait son jean et le fait glisser au pied du lit. Son boxer déformé par son énorme érection offre plus de résistance. Les mains d'Elise viennent l'aider à se dévêtir entièrement en lui arrachant son tee-shirt moulant. Tom rampe sur son lit pour atteindre sa table de nuit. Il ouvre le tiroir et y plonge la main à la recherche d'une capote. Elise lui attrape le bras.

— Non ! Pas la peine ! Je la veux, toute nue !

— T'es sûre ?

— Oh oui ! Je veux sentir sa chaleur m'ouvrir le ventre…

— Et tu fais ça souvent ? demande Thomas méfiant.

— T'en fais pas ! Tu crains rien avec moi. Je suis saine…

— C'est toi qui vois…

Sur le fauteuil, Nath a le chemisier complètement ouvert et la jupe en bandeau autour de la taille. La belle brune a passé ses cuisses sur les accoudoirs. Elle masse sa vulve à pleine main sous sa culotte de dentelle blanche en soupirant de plaisir. La jouissance si rapide d'Elise l'a surprise. Elle veut maintenant attendre le deuxième orgasme de sa copine avant de provoquer le sien. Pourvu que le garçon soit bon… Tom se place entre les cuisses fines d'Elise. Il prend son sexe bandé dans la main et approche le gland des lèvres ouvertes de la jeune femme.

Il s'enfonce lentement, en fermant les yeux pour faire baisser la pression dans ses bourses. Six mois ! Ça fait si mois qu'il n'a pas touché une fille. Le vagin brûlant avale sa bite, la comprime. *Comme elle est serrée ! Oh… Non…* Tom sent son plaisir monter beaucoup trop vite dans cette position. Il prend Elise par les épaules et bascule sur le dos. La blonde pose ses mains sur son torse et commence à le faire coulisser en elle par de langoureux mouvements du bassin. Nath encourage sa copine :

— Vas-y, Elise ! Fourre-toi bien cette queue ! Fais-le jouir !

— Oh… Nath… Comme c'est bon, une bite bien chaude et bien raide !

— Allez, Elise ! supplie Nath. Baise-le ! Enfonce-toi bien cette queue et fais-la gicler !

— Aaahh ! Aaaaah !!! gémit Tom en se tendant une dernière fois sous Elise.

La jeune blonde roule rapidement sur le côté, en se dégageant du sexe de son amant précoce. Nath se lève du siège et approche du lit. Elle envoie son chemisier rejoindre sa veste et se place entre les jambes écartées de Thomas.

Le garçon a la tête rejetée en arrière et le sexe déjà moins fier. Il respire profondément. Une bouche l'engloutit, alors que des lèvres lui parcourent la hampe. Thomas attrape un oreiller et le cale sous sa tête pour profiter du spectacle de ces deux femmes qui s'affairent à lui redonner toute sa vigueur. Il tend un bras et vient caresser les cheveux longs de la brune, relevés derrière son crâne par une pince en ivoire. Nath émet des bruits de succion et aspire toute la bite de son amant d'un soir. Chassée par sa copine, Elise s'est rabattue sur les couilles de Tom qu'elle lèche avec application. La brune recrache le membre maintenant bien raide et s'attarde sur son gland. Elise la rejoint. Leurs deux langues se mêlent et tournoient sur la grosse fraise rougie par le plaisir. Elles échangent un baiser torride sans détacher leurs bouches de la bite de Tom, aux anges. Nath se redresse, posant une main sur les couilles encore pleines. Thomas la détaille avec attention. Son corps plus mûr que celui d'Elise, offre des courbes généreuses. Ses seins lourds sont mis en valeur par un soutien-gorge assorti à sa culotte. Elle se penche en avant et vient déposer un doux baiser sur les lèvres de Tom. Elle l'enjambe et remonte sur son corps pour porter son entrejambe au visage du garçon. Tom tend la langue. D'une main, il écarte le tissu et vient lécher la fente enfouie dans une épaisse toison brune. Entre ses jambes, Elise entretient son érection par de rapides coups de langue sur son frein. Thomas ferme les yeux et savoure ces sensations inédites. Sentant son plaisir l'envahir, Nath se détache de la bouche gourmande et s'allonge contre Tom.

— Viens ! Prends-moi ! Donne-moi du plaisir avec ta queue brûlante.

Elise cesse ses caresses et s'installe sur le fauteuil. Elle écarte largement les cuisses et vient branler son clito en manque d'orgasme. Tom roule sur Nath et vient se placer contre son dos.

— Et pour toi, Il faut que je me protège ?

— Surtout pas ! Je veux sentir chaque veine de ton sexe coulisser dans mon vagin.

— OK !

Tom positionne Nath autoritairement en levrette. Il s'agenouille contre son cul rebondi et guide sa verge entre les cuisses écartées. Nath passe une main sous son ventre et tire de côté sa culotte. La verge fend son sexe d'un trait.

— Huuuummmm !!! soupire Nath.

— Alors, ça te convient ?

— Oooh Ouii… Mais ne jouis pas trop vite ! Je veux bien en profiter !

— Ta copine vient de me faire jouir. Je pense que ça peut durer.

— Tais-toi et baise-moi, maintenant !

Tom plaque ses mains sur les fesses rondes et commence un va-et-vient paresseux. Chaque introduction tire un long soupir à Nath. Elle enfonce les doigts dans le matelas, serre les poings, dodeline de la tête quand Tom accélère. Alors qu'elle encaisse les coups de reins sans un mot, elle appelle soudain Elise d'une voix suraiguë.

— Elise ! Viens ! Viens vite ! J'ai envie de ta chatte !!!

Elise se lève et vient se placer en haut du lit. Elle s'assoit sur un oreiller et tire sa fente pour en écarter les lèvres. Nath plonge son visage entre les cuisses de la jeune fille. Elle lèche le clitoris, le mordille, le tire entre ses lèvres. Prenant appui sur un coude, elle pointe deux doigts à l'entrée du conduit baveux d'Elise, qui commence à onduler de plaisir. Elle la pénètre et commence à la limer à toute vitesse. Tom qui s'enfonce en elle n'est qu'un prétexte pour plaquer sa bouche au sexe de sa copine. Le garçon contemple la jouissance qui se dessine sur le visage d'Elise. La jeune femme, la bouche ouverte, laisse échapper des petits cris brefs. Elle pince ses mamelons ridiculement petits avec acharnement, décuplant le plaisir que lui donne Nath.

L'image du cul rond qui vient claquer contre son ventre et celle de la blonde au bord de l'orgasme s'entrechoquent dans sa tête. Il sent son sexe se raidir encore. Il serre la taille de Nath de ses deux mains et s'élance en beuglant. Ses couilles tressautent et se vident, traversant sa verge en jets puissants. La brune continue à rouler du cul. Elle retire ses doigts d'Elise et vient branler son propre clito. Elle étale la mouille de son amie sur sa fente et s'introduit ses deux doigts en chassant la bite de Tom de son vagin. Les deux filles hurlent leur plaisir alors que le garçon tente de reprendre son souffle. Il veut porter une main à la chatte de Nath, mais elle le repousse. Elise jouit la première. Des spasmes frénétiques déforment son ventre. Ses cuisses tremblent et enserrent la tête brune. Nath la rejoint aussitôt. Un orgasme calme et long, aux râles étouffés dans l'entrejambe d'Elise.

Les deux femmes restent ainsi deux longues minutes,

sous le regard incrédule de Tom. Enfin, il se lève de son lit et enfile son jean pour retrouver une tenue décente. Elise se dégage lentement et saute du lit. Elle ramasse ses affaires et celles de Nath, les lui jette sur le lit et se rhabille entièrement. Nath se redresse sur les genoux, replace sa culotte entre ses fesses et tire sur sa jupe pour recouvrir ses cuisses. Elle saisit sa veste et l'enfile, laissant son chemisier de soie sur la couette. Elise lui prend la main et l'aide à quitter le lit. Tom leur propose un verre.

— Non, merci, mon petit Tom, répond Nath.

— Vous partez déjà ?

— Tu croyais pas qu'on allait rester toute la nuit, quand même ?! s'amuse Elise.

Les deux femmes entourent Tom. Elles lui déposent chacune un baiser sur la joue et quittent le studio en riant. Elles claquent la porte derrière elles.

Nath appelle l'ascenseur alors qu'Elise se blottit contre elle. La main de la jeune fille caresse le dos de la brune qui lui sourit tendrement. Pendant toute la descente, les deux femmes n'échangent pas un mot. Elles sortent de l'immeuble et hèlent un taxi disponible.

— Place des Vosges ! demande Nath en s'asseyant.

Elise vient se coller à elle et glisse une main sous sa veste grise. Elle caresse le sillon de sa poitrine de deux doigts délicats. Nath prend son amie par la taille et l'attire à elle. Leurs bouches se lient dans un baiser amoureux. Les mains courent sur les corps, les jambes s'entrecroisent, les sexes s'emboîtent. Le chauffeur du taxi lance des regards curieux dans son rétroviseur.

Elise détache ses lèvres de Nath.

— Tu crois que ça va marcher ? demande-t-elle.

— On ne sait jamais ? Sur les deux, peut-être qu'une tombera enceinte…

— C'est quand même génial qu'on ait le même cycle !

— C'est sûr que ça facilite les choses.

— Pauvre Tom ! Il doit encore se demander s'il n'a pas rêvé.

— Pas terrible comme amant. Il faudrait qu'il lâche un peu sa console et internet ! se moque Nath.

— Moins bon que toi, en tout cas ! dit Elise en reprenant leur étreinte.

Du coin de l'œil, Nath cherche le regard du chauffeur.

Il a l'air mignon, et plus mûr que Tom.

— Si on assurait le coup ? glisse-t-elle à l'oreille de sa compagne.

— Là, maintenant ?

— je ferai pas ça tous les soirs. Et puis, il a l'air charmant, ce jeune homme…

Les deux femmes se séparent et se penchent vers le chauffeur.

— Vous nous offrez la course si vous pouvez nous baiser toutes les deux ? demande Elise de sa voix délurée.

Face au miroir

J'ouvre la porte de la maison, allume la lumière et entre la première. J'invite mon nouvel amant à me suivre. Celui-là s'appelle Romain, mais il n'a pas plus d'importance que les autres. Ce que je veux de lui, c'est son jus. Je veux un enfant et mon mari ne peut m'offrir cette joie. On a pensé au don de sperme mais les démarches semblaient trop longues. Alors mon mari m'a proposé d'aller me servir directement à la source. J'ai d'abord refusé. Je l'aime. On était marié depuis un an, et je ne concevais pas de le tromper. Mais à force de discussions, j'ai compris que sa proposition n'était qu'une immense preuve d'amour. Depuis, tous les mois, je reçois un nouvel amant. Romain est le quatrième. Des trois autres, malgré leur fougue et tout le plaisir qu'ils m'ont procuré, rien !!! J'espère que ce sera le dernier, car je crois que je commence à prendre goût à ces infidélités.

Je jette mon sac à main sur la table du salon et me dirige directement vers notre chambre. Romain m'emboîte le pas. En entrant, j'allume les chevets et me plante devant mon grand miroir. Romain vient se coller à mon dos. Je défais mon collier de perles et le pose sur la console devant moi. Puis j'enlève mes boucles d'oreilles que je dépose dans ma boîte à bijoux. La main de Romain remonte dans mon dos. Sa bouche dépose un baiser sur ma nuque. Il pose sa tête sur mon épaule. Il descend lentement la fermeture de ma robe noire. Nos regards se rejoignent dans le reflet du miroir. Romain dégage mes épaules et fait couler ma robe à mes pieds. Je me retrouve nue, juchée sur mes escarpins. Il m'embrasse dans le cou en englobant mes seins dans ses larges mains. Je vois mes tétons se tendre de désir. Je pose mes mains à plats sur la console et pousse mon cul en arrière. Le sexe bandé de mon amant déforme son pantalon. Je commence à onduler, pour le branler entre mes fesses, à travers l'étoffe. Il abandonne mes seins et défait sa ceinture et son zip. Il descend son pantalon et son caleçon. Son gland vient buter au creux de ma raie. Nos regards ne se sont pas quittés.

Romain se détache de mon dos, baisse les yeux vers sa queue. Il pose une main sur ma hanche. De l'autre, il guide son membre entre mes cuisses. Je me penche légèrement sur la console, avançant mes mains presque à toucher le miroir. Une pression sur ma fente, qui s'ouvre sans résister. Romain me pénètre lentement. Mon ventre se creuse pour l'accueillir. Ma respiration bloquée gonfle ma poitrine. Je n'ai pas fermé les yeux. Romain redresse la tête et raccroche mon regard. Il me sourit. J'écarte les lèvres et lâche un soupir. Mes seins redescendent. Romain se retire, puis plonge en moi à nouveau, plus vite cette fois-ci. Ma bouche reste ouverte. Mon buste avance vers le miroir. Mes mains glissent sur la console. Les deux mains agrippées à mes hanches, mon amant coulisse dans mon vagin en va-et-vient langoureux.

J'en veux plus ! J'appuie mes deux mains sur le miroir et cambre mes reins. J'attrape la main droite de Romain et la plaque sur mon sein. Je le guide dans ses caresses et j'observe les réactions de mon corps. Ma peau se tend, mon aréole se fronce. Pincé entre son pouce et son index, mon téton se gorge de sang. Le regard de Romain se durcit. Ses va-et-vient s'accélèrent. Mes mains remontent sur le miroir. Mon alliance tapote le verre à chaque nouveau coup de reins. Délaissant ma poitrine, Romain passe ses doigts dans ma chevelure blonde. Il empoigne ma queue de cheval et me tire à lui à chaque fois qu'il lance son bassin contre mes fesses. Mes yeux se plissent sous la douleur et le plaisir. Mon amant se déhanche de plus en plus rapidement. La console cogne contre le mur. Je penche mon buste en avant pour en recevoir plus encore. Mes seins gonflés effleurent le miroir. Mon souffle haletant y dépose un nuage de buée. Romain ahane dans mon dos. Mon vagin coule sur ma cuisse. Je me mets à gémir, puis à hurler. Sa queue me défonce les entrailles et c'est bon ! Je crie des « oui », des « plus fort » et des « encore » à m'en érailler la voix. Romain serre les dents et enfonce ses doigts dans ma chair. Son regard s'affole, sa bouche s'entrouvre, son corps se tend. Son ventre claque contre mon cul. Une fois. Deux fois, trois fois. Il se vide en moi. Je ferme les yeux dans un orgasme silencieux.

Romain se retire. Je me redresse et me retourne. Il remonte caleçon et pantalon et reboucle sa ceinture. Je me saisis de mon peignoir de soie ivoire et l'enfile. Sans un regard vers mon amant, je repars vers le salon. J'ouvre la porte d'entrée. Romain a compris. Il sort et disparaît dans la nuit, sans se retourner. Je claque la porte et soupire. J'envoie valser mes escarpins et retourne dans la chambre. Je me couche, nue. J'attends mon mari qui ne va pas tarder. Oh mon Dieu, comme je l'aime !

Derrière le miroir

Anne vient de m'envoyer un message. Elle arrive dans dix minutes. Je vais dans mon bureau et j'allume mon ordinateur. J'ouvre le dossier « Nouvelles », et clique sur « Le roi de Lydie ». Le traitement de texte se lance automatiquement. Je survole les trois premiers chapitres à la recherche de coquilles, puis insère un saut de page. Je me lève et vais éteindre la lumière du bureau. Je reviens derrière mon écran, baisse le contraste au maximum et prépare mes doigts sur le clavier. Dans la pénombre du bureau, je l'attends.

Ça y est, c'est parti ! Mes mains courent sur les touches :

« j'entends la porte d'entrée, le cliquetis de ses talons aiguilles dans le couloir. Les chevets de notre chambre s'allument et je la vois apparaître dans la grande baie vitrée. Elle regarde vers moi, me devine sans me voir. Un grand gaillard d'une trentaine d'années se poste derrière elle. Anne se défait de ses bijoux. L'homme l'embrasse dans le cou. Elle sourit de plaisir. Elle a la nuque si sensible. Il s'affaire dans son dos et la débarrasse de sa robe, m'offrant le spectacle de son corps nu frémissant. Il passe ses mains sous ses seins et découvre le grain de sa peau. Il me tend inconsciemment ces tétons que j'aime dévorer. Anne réagit immédiatement à cette caresse et lui offre sa croupe. Je la vois entamer une danse excitante. L'inconnu libère son sexe que j'imagine dressé entre les fesses de mon épouse. Leurs regards excités me pénètrent. Il baisse enfin les yeux. C'est l'instant que j'aime le plus, quand Anne se donne. Penchée vers moi, elle l'accueille. Ventre creusé, souffle coupé, elle encaisse cette première pénétration. Son visage s'irradie de plaisir. Lui, il sourit. La joie de prendre cette superbe femme mariée. Il commence à aller et venir paresseusement. Les seins d'Anne montent et descendent lentement. »

Je commence à bander. Mon souffle devient plus court. Je suis fou. Fou d'elle, de son plaisir. Fou et heureux.

« Son amant savoure chaque pénétration. Il prend possession de mon épouse, lui enserre les hanches. Mais Anne en veut plus. Elle veut qu'il la rudoie, ce que je n'ose pas. Elle se met en place pour recevoir des coups de reins plus violents, puis le guide pour faire monter son excitation, le ramène sur son sein, lui montre comment on doit s'en occuper. Son buste se tend, prémices de la jouissance. L'homme commence à s'effacer pour laisser place à l'animal. Fin des regards langoureux. Il torture le téton qui rougit et accélère son déhanchement. Le cliquetis de l'alliance sur la vitre me déchire le cœur. C'est bien mon épouse qu'il baise. Et il entend la posséder complètement. Il se saisit des cheveux blonds de ma femme et tire sa tête en arrière pour amplifier sa pénétration. Anne souffre sa passion, encaisse les coups de boutoir dans un mélange de douleur et d'extase. Elle m'offre un visage que je ne sais pas lui demander, le farde de son souffle chaud. Son corps entier se donne autant qu'il est pris. Les amants laissent éclater leur plaisir. Il grogne en s'enfonçant au plus profond de cette chatte accueillante, elle l'en remercie et l'exhorte à en donner toujours plus. Les cris d'Anne résonnent dans mes oreilles, écho de nos nuits d'amours. Il la prend mais c'est à moi qu'elle offre son plaisir. »

Ma bite me fait mal, mais je ne peux pas lâcher le clavier pour me soulager. Je serre les dents et tape fébrilement :

« L'orgasme va bientôt les cueillir. Qui va céder en premier. Cet inconnu ou l'être aimé ? Les corps claquent, les cris ondulent de l'aigu au grave. Il semble perdre le contrôle, se crispe sur mon amour. Il jouit en elle, brutalement. Elle recueille sa semence comme une offrande, ferme les yeux pour me rendre grâce et souffler son plaisir. Je suis heureux et soulagé que cela soit fini. Anne se dégage de l'emprise de son amant. Il se rhabille sans un mot alors qu'elle couvre négligemment son corps. Elle quitte mon champ de vision, entraînant l'étranger à sa suite. De nouveaux, ses talons tintent sur le carrelage, puis la porte claque. Enfin seuls ! J'espère que celui-là n'aura pas rencontré plus de succès que ses prédécesseurs, et qu'ils seront encore nombreux à m'offrir la jouissance de mon épouse. Anne revient dans la chambre, fait tomber son peignoir à ses pieds et se couche dans le lit conjugal. Je vais la rejoindre et reprendre possession de son corps, encensé par les parfums d'un autre. »

J'enregistre mon fichier, ferme toutes les fenêtres actives et éteints mon ordinateur. Le sexe tendu, je quitte mon bureau. Nous allons faire l'amour toute la nuit. Je l'aime !

Gloryholes

Virginie prend une grande inspiration et tire la lourde porte noire. Elle se retrouve dans un petit vestibule. Une ouverture vitrée dans le mur donne sur un comptoir d'accueil. La vitre coulisse et un charmant jeune homme apparaît. Blond aux cheveux très courts, il porte un marcel blanc et un mini-short en jean complètement délavé.

— Bonjour ! lance-t-il chaleureusement.

— Bonjour ! répond timidement Virginie. Je suis venue samedi dernier et…

— Ah ! Oui ! Virginie, c'est ça ? Vous venez pour la soirée !

— Oui, c'est ça, pour la soirée…

— Passez au vestiaire, je vous ouvre ! On se retrouve de l'autre côté.

Le jeune homme appuie sur un bouton et la porte du fond du vestibule s'entrouvre. Virginie pénètre dans une

grande pièce aux murs rouges et au sol en parquet clair.
Deux rangées de casiers blancs lui font face. Les clés sur
les portes indiquent ceux qui sont libres, soit la quasi-
totalité en cette fin d'après-midi. Virginie choisit le n° 35,
son âge. Elle commence à se dévêtir. Ses escarpins noirs,
sa veste sombre et son chemisier rouge. Elle se retrouve
torse nu et guette les moindres bruits qui traduiraient une
présence étrangère. Ses seins parfaitement refaits en 95 E
sont tendus par l'anxiété. Elle fait glisser sa jupe droite
qui coule sur ses courbes remarquables. Son cul rond et
arrogant, ses cuisses larges mais dénuées de la moindre
graisse, et ses mollets effilés par de longues heures de
courses Entièrement nue, elle rassemble ses affaires et les
range avec soin dans le casier. Elle en sort une grande
serviette blanche qu'elle passe autour de son cou. Elle
referme la porte en métal. Un bandeau de scratch bleu
sert de porte-clés. Virginie décide de le mettre à sa
cheville droite et se penche pour l'attacher. Son regard
croise alors son reflet dans un grand miroir au fond du
vestiaire. Elle ne peut s'empêcher de s'admirer. Elle se
trouve belle. Elle l'est et c'est bien là son problème.

Virginie sort du vestiaire par un passage fermé par un

simple rideau rouge en velours épais. Elle se retrouve à côté d'un long comptoir, face à une salle où sont disposés de nombreux fauteuils et canapés de cuir blanc. Le jeune homme qui l'a accueillie est debout derrière le bar. Il se dirige vers elle.

— Je suis Mickaël. Si vous avez besoin de quoi que ce soit, vous venez me voir ! Je vous propose une autre visite ou je vous laisse prendre vos marques toute seule ? lui lance le jeune homme sans prêter attention à la plastique superbe de sa cliente.

— Merci ! Je vais traîner un peu pour l'instant…

— Pas de problème. Ce soir, c'est vous la patronne ! répond Mickaël en souriant.

En effet, ce soir, c'est « sa » soirée ! Elle a privatisé ce sauna libertin pour réaliser son grand projet. Mais maintenant qu'elle y est, elle a un peu la boule au ventre. Dans moins d'une heure, les premiers participants vont arriver. Virginie décide d'aller se délasser dans le vaste jacuzzi au fond du rez-de-chaussée. Elle emprunte le couloir sombre qui longe le hammam et la sauna, et tourne sur sa gauche vers les cabines de douche privatives. Virginie choisit celle de droite et repousse la porte derrière elle sans la fermer. Elle ouvre le robinet et une eau chaude fouette son corps. Ses longs cheveux blonds viennent se plaquer sur ses fines épaules. Virginie prend un peu de liquide au distributeur collé au mur et commence à savonner son corps. Une caresse lente mais mécanique, juste pour changer de peau.

Virginie ferme le robinet et reprend sa serviette autour du cou. Ruisselante, elle fait les quelques pas qui la sépare des marches du Jacuzzi. Elle accroche sa serviette au mur et se glisse dans l'eau bouillonnante. Face à elle, deux hommes échangent des baisers et laissent courir leurs mains sous l'eau. Ils profitent de leurs derniers instants au sauna. Bientôt, Mickaël leur demandera de quitter les lieux pour laisser place aux « invités » de Virginie.

La jeune femme promène son corps le long de la paroi du jacuzzi pour que les jets d'eau puissants explorent la moindre parcelle de son anatomie. Elle s'attarde un peu quand elle réussit à en pointer un au creux de ses reins, puis remonte pour faire glisser le flux dans le sillon de son cul. Virginie détend ses chairs, les prépare. Les deux hommes quittent le bassin et empruntent le couloir.

Virginie les suit des yeux et constate qu'ils bifurquent à droite, vers l'escalier qui mène à l'étage.

Aaaah…l'étage ! Elle se souvient d'avoir éprouvé d'étranges sensations lors de sa première visite du sauna. Alors que David, un des associés de Mickaël la guidait dans les couloirs sombres, elle avait perçu des gémissements sortant d'une pièce à la porte entrouverte. David avait eu le tact de s'éclipser et elle avait jeté un œil curieux dans cette alcôve. Une femme bien en chair se trémoussait à califourchon sur un homme assis sur le bord d'un matelas de skaï noir. Un deuxième homme la prenait par-derrière. Virginie n'avait pas pu retenir sa main qui partait à la rencontre de son clitoris dressé par cette exhibition. Elle avait joui en silence quand les deux hommes avaient déversé leur sperme sur les mamelles pendantes de la femme et avait disparu honteusement avant que le trio ne sorte de la pièce.

Perdue dans ses pensées, Virginie s'est retournée face au bord du bassin. Un flot puissant lui masse le pubis. Elle rampe inconsciemment contre la paroi, se laissant pénétrer par ce torrent bouillant. Le plaisir qui envahit son cerveau la ramène sur terre. Non ! Pas déjà ! Et surtout, pas comme ça ! Un peu nerveuse, elle pense à la soirée qui s'annonce. Elle se demande comment elle en est arrivée à de telles extrémités. Les hommes n'ont pas toujours été un problème pour elle. Très jeune, elle était très attirante. Elle avait perdu son pucelage à seize ans, en seconde, dans les bras d'un grand, un terminale, le plus séduisant du lycée. Sa réputation était faite. Dès lors, les garçons les plus séduisants l'avaient convoitée, et elle s'était offerte aux plus malins. Même en classe prépa, où le travail laisse si peu de temps aux fêtes, elle avait encore séduit les plus beaux partis. Mais à partir du moment où elle a intégré l'école des officiers de la gendarmerie, son statut a changé. Extrêmement brillante dans ses études et redoutable dans son commandement, elle a commencé à effrayer les hommes. Même sa décision de recourir à une augmentation de poitrine, destinée à lui donner une apparence plus futile, n'avait fait qu'aggraver les choses. Elle était devenue une sorte d'icône inaccessible au commun des mortels. Bien sûr, quelques gros lourdauds tentaient bien leur chance, mais Virginie n'allait pas s'abaisser à ça.

Ainsi, au milieu de sa trentaine, elle était seule. Mais elle n'avait pas renoncé pour autant à sa vie de femme, et il lui semblait qu'elle était désormais mûre pour la maternité. Elle avait donc décidé de prendre les choses en mains. Si elle ne pouvait avoir un enfant de l'amour, elle en ferait un dans une sexualité débridée. C'est pourquoi elle est venue ce soir dans ce sauna, après avoir mis au point les détails de la soirée quinze jours plus tôt avec les propriétaires. Ils s'étaient engagés à lui fournir quelques hommes sûrs, déjà pères et en couple. Virginie ne les verrait pas, et ils ne la verraient pas non plus. Juste des sexes bien virils pour la remplir de leur précieuse semence.

Virginie prend une profonde inspiration et sort du jacuzzi. Elle se sèche avec sa serviette duveteuse, puis reprend le couloir vers le bar. Mickaël n'est plus derrière son comptoir. Il passe la tête dans l'embrasure de la porte du local d'accueil et lance à Virginie :

— Ça va ?

— Oui. Juste un peu nerveuse…

— Je salue les premiers invités et je vous rejoins.

Les premiers invités ! Ça y est ! Ça commence ! Virginie se sent mal. Elle reprend le couloir et s'enferme dans le sauna. La chaleur étouffante la fait ruisseler de sueur. Sa serviette se colle à ses formes, moulant ses seins tendus par l'angoisse. Elle s'allonge après avoir remis un peu d'eau, provoquant un nuage de vapeur dans la petite pièce aux murs de bois. Virginie ferme les yeux. Un dernier moment de détente, avant…

Dans le vestiaire, les portes métalliques claquent et ça parle fort. Tous les invités sont excités à l'idée de cette soirée spéciale. Certains habitués discutent comme des vieux amis. Ils ont tant partagé… Mickaël tire le rideau et reste dans l'ouverture pour faire barrage.

— Bien ! Messieurs, mesdames, on va y aller dans un instant. Je rappelle que ce soir, vous n'avez accès qu'à une pièce de l'étage. Celui qui ne jouera pas le jeu sera expulsé immédiatement.

Des murmures montent du vestiaire.

— Ça veut dire qu'on ne va même pas la voir, la princesse ? demande un homme d'âge mûr aux tempes grisonnantes.

— En effet, c'est ce que ça veut dire. C'est un des

souhaits de notre cliente. Vous connaissez l'autre.

— Ouais ! répond un jeune brun à la peau mate. Ce soir, pas de capote !!!

— Voilà ! Je vous fais confiance. Je vous connais tous, vous êtes des personnes responsables. Donc, si vous avez un doute sur votre santé, vous pouvez encore partir.

Le silence se fait dans le vestiaire.

— J'imagine que ça veut dire que tout le monde est OK. De toute façon, s'il y a le moindre souci, le responsable sera grillé dans presque tous les lieux libertins d'Europe. On a une réputation à tenir, nous !

— T'en fait pas, Mika, on n'est pas fous ! lance une petite voix au fond de la salle.

— Bon, tout est clair ? Je vais prévenir la cliente et je reviens vous chercher dans cinq minutes.

Mickaël laisse retomber le lourd rideau. Dans le vestiaire, les discussions reprennent. Le jeune homme repart dans son établissement, à la recherche de Virginie. Il voit tout de suite qu'elle n'est pas au jacuzzi. Il ouvre la porte du hammam et plisse les yeux pour tenter de distinguer sa cliente dans la vapeur. Personne. Il ouvre enfin la porte du sauna. Virginie se redresse en s'enveloppant précipitamment de sa serviette.

— Pardon ! Euh… C'est bon ! Tous les invités sont prêts ! On y va ?

— Allez ! C'est parti ! dit la belle blonde en se levant.

— Je vous accompagne en haut ?

— Oui, merci ! Je ne me rappelle plus trop où se trouve ma cellule…

Mickaël la précède dans l'escalier et se dirige sans hésiter dans le dédale des alcôves. Il ouvre une porte.

— Voilà, c'est là ! Alors, ici, vous avez les capotes, mais je crois que…

— Il n'y en aura pas besoin, le coupe la jeune femme.

— OK ! Je resterai à l'étage pour m'assurer que tout va bien. Vous appelez et j'arrive !

— Merci ! Vraiment, merci à vous et à toute l'équipe !

— Y'a pas de quoi ! Bonne soirée ! dit le jeune homme en tirant la porte.

Virginie tourne le verrou. Dans moins de cinq minutes, ça va commencer. Elle fait le tour de la pièce du regard. Le grand matelas de skaï noir sera lui aussi inutile. Ses yeux se posent sur le mur du fond. Un mur d'un blanc impeccable, perforé de deux trous à hauteur de pubis, bordés d'un plastique noir. Virginie est parcourue par un frisson d'excitation. Elle fixe ces deux trous et sent ses tétons pointer. Son sexe s'ouvre et un filet de cyprine coule sur sa cuisse alors qu'elle se colle à la paroi trouée. Elle entend le brouhaha de ses invités qui approchent. Ses yeux descendent sur les deux orifices.

Deux minutes interminables s'écoulent avant que la première verge ne franchisse le mur. Une queue rose, pas encore bandée, d'une dizaine de centimètres de long et deux de diamètre. Elle pend dans le vide. Virginie tend la main avec envie. Elle pose deux doigts sur le membre. Sa chaleur l'envahit. Rapidement, la petite verge prend du volume. La main de Virginie l'enserre et coulisse lentement. Elle décalotte le gland au bout duquel perle une goutte translucide. Virginie ne peut s'empêcher de se pencher pour venir la cueillir de sa langue. Son sexe est en feu. Il réclame son dû. La jeune femme branle encore un instant cette bite devenue plus fière, puis elle se retourne dos à la paroi. Sans lâcher sa prise, elle place sa fente au niveau du trou cerclé de plastique et recule lentement. Elle pointe le gland à l'entrée de son vagin. Au creux de sa main, elle sent la verge trembler d'excitation.

Enfin, Virginie pousse son cul contre le mur et se pénètre d'un coup. Un long râle retentit de part et d'autre de la paroi.

Virginie laisse sa main collée à sa vulve alors que le membre commence à coulisser dans ses chairs humides. Elle plaque sa paume sur son clito et le masse en cercles rapides. Derrière elle, elle entend un corps buter de plus en plus fortement contre le fin rempart de plâtre. Virginie entrouvre la bouche, commence à haleter au rythme des battements sur le mur. Sa paume s'agite fébrilement sur son bouton tendu. Un long soupir lui parvient. Dans sa chatte, la bite se met à trembler, puis se retire d'un coup. Un sperme gras coule sur ses doigts. Déjà !?!?

Elle n'a même pas le temps d'éprouver des regrets qu'une verge brune apparaît par le second trou. Déjà en érection, ce sexe semble plus long que le premier, mais il est hélas plus fin. Virginie veut se sentir comblée, à fond, au propre comme au figuré. Sans décoller sa fente du premier trou, elle lance sa main vers ce nouvel invité et le branle énergiquement. Elle écoute les râles qui la guident dans sa caresse. L'homme ne tarde pas à venir. Il lance son pubis et jouit en criant. Le sperme s'étale en saccade sur le sol en lino. Alors que sa main se détache de la bite encore vibrante, Virginie ressent une pression sur ses lèvres ourlées.

Un gland massif tente de la pénétrer. Virginie décolle un pied du sol pour écarter plus largement sa fente. La bite imposante en profite pour se frayer un chemin dans sa chatte. Elle transperce littéralement Virginie qui pousse un cri strident. C'est si bon ! Enfin, les choses sérieuses commencent. Le gland progresse lentement et elle sent ses chairs se dilater pour l'accueillir. L'étonnante douceur de cette pénétration contraste avec la force du plaisir qui envahit Virginie. Elle souffle quand le membre épais ressort de son sexe. Un souffle profond, mêlant soulagement et déception. Son amant repart à la charge, toujours aussi délicatement. Virginie encaisse plus facilement les premiers centimètres mais la bite s'enfonce cette fois plus profondément. L'ourlet du gland laboure ses muqueuses et son vagin se referme sur son passage. Le deuxième reflux expulse de ses entrailles un flot de mouille. La troisième prise est plus virile, et Virginie manque de basculer en avant quand l'imposante fraise vient buter au fond de son conduit. Elle repose son pied pour plus de stabilité. La bite reste un instant immobile dans son écrin subitement resserré, puis repart vivement en arrière pour engager des va-et-vient suaves qui font chavirer Virginie. Elle tape des mains contre la paroi, balance la tête d'avant en arrière. Jamais elle n'avait éprouvé autant de plaisir. Son excitation monte encore quand la bite accélère son mouvement. Seule dans son alcôve, Virginie halète, creuse son ventre et colle son cul au mur pour en prendre le plus possible. L'orgasme la foudroie. Elle ferme ses yeux gorgés de larmes, sanglote de plaisir. La queue imposante n'a pas cessé de la fourrager. À demi inconsciente, Virginie sent une nouvelle boule enflammer ses entrailles. Le buste pendant en avant, elle se laisse traverser par cette nouvelle vague hormonale. Elle entrouvre la bouche et laisse échapper un timide soupir. La bite se fige dans son vagin, grossit encore et expulse sa semence au plus profond de son intimité, congestionnée par les jouissances répétées. Virginie se décolle du mur avec mollesse. Elle voit le sexe qui l'a fait tant jouir disparaître dans le trou cerclé de noir. La respiration encore saccadée, elle devine les mouvements des corps derrière la paroi. Deux verges totalement différentes pointent. Une brune épaisse, mais assez courte, et une noire, beaucoup plus longue, d'un diamètre conventionnel.

La jeune femme ne se sent pas capable d'en reprendre déjà une. Elle se dirige vers la porte, l'ouvre à moitié et appelle :

— Mickaël ! Tu es là ?

Le jeune homme ne répond pas. Virginie perçoit le murmure des discussions de ses amants. Ils sont là, au coin du couloir, si proches. Enfin, Mickaël apparaît.

— Oui, Voilà ! Tu m'as appelé ?

Il a eu la délicatesse de ne même pas prononcer son prénom. Virginie est touchée par toutes les attentions de ce charmant garçon.

— Oui. En fait, je crois que je ne vais pas tenir toute la soirée.

— C'est-à-dire ?

— Ben… reprend Virginie embarrassée. Y'a une queue qui m'a beaucoup plu et…

— Et quoi ?

— Je crois que je voudrais bien voir son propriétaire…

— Je croyais que tu voulais absolument rester

anonyme ?

— Ouais ! Mais là… Je ne peux pas passer à côté d'un mec avec une bite pareil !

— Ah ! Je vois… T'as déjà goutté à « troisième jambe ».

Virginie pouffe de rire. Quel surnom ridicule !

— Tu crois que tu pourrais aller me le chercher ?

— Bien sûr ! Mais les autres vont faire la gueule.

— Pas tous, rassure-toi !

Virginie repousse la porte. Sur le mur du fond, les deux bites flasques pendent en l'attendant. Elle s'assoit sur le matelas de skaï en attendant le retour de son hôte, mais ne peut détourner ses yeux de ces deux membres qui n'attendent qu'elle. Elle se laisse glisser et tombe à genoux face à la paroi blanche. Elle hésite du regard, puis penche finalement la tête vers la bite la plus sombre. Sa bouche fine l'avale d'un trait. Elle l'enserre de ses lèvres et la suce avec application. Le fin serpent noir prend rapidement du volume. La main droite de Virginie part à la rencontre de l'autre bite. Elle la prend entre son pouce et son index et la branle sans conviction. Toute son attention se focalise sur ce sexe noir qui commence à prendre des proportions intéressantes. La langue de Virginie parcoure la hampe, vient titiller les bourses gonflées par l'excitation. Sa main délaisse rapidement le sexe râblé pour se poser sur la branche d'ébène. Virginie le polit avec application, y dépose de long filet de salive pour lubrifier ses mouvements rapides.

Elle se redresse en se retournant dos au mur sans la lâcher. Elle guide le gland dans sa fente luisante et se l'enfonce d'un coup. Elle ne peut retenir un petit gémissement de plaisir. Sa main remonte sur son clitoris et commence à l'effleurer. Dans son dos, l'homme se démène comme un fou, la limant à une vitesse vertigineuse. De sa main libre, Virginie s'empare d'un de ses seins dont elle pince le téton. Elle soupire. Ses mains sur son corps et cette belle queue qui la transperce commencent à la faire jouir.

Mika ouvre la porte et sourit en voyant sa cliente en pleine extase. Derrière lui, la queue magistrale qui l'a si bien remplie franchit la porte avant son propriétaire. Au bord de l'orgasme, Virginie voit un corps musclé pénétrer dans l'alcôve. Elle remonte lentement sur son visage et blêmit alors que du sperme brûlant gicle dans son vagin.

— Gendarme Tomassi ?!

— Á vos ordres, mon capitaine !

In vivo

Brad marche d'un pas rapide sur le boulevard de Bordeaux. Il a l'esprit encore embrumé par ses excès de la veille, mais il sait qu'il doit se dépêcher. Mokhtar ne lui a laissé que jusqu'à midi pour lui verser un premier acompte. Et avec Mokhtar, il n'y a pas de délai supplémentaire. Brad a l'impression de revivre ce qui lui a fait quitter Vegas pour se réfugier à Casablanca. Ce même démon du jeu, qui l'empêche de quitter la table, pour se refaire…

Il est presque dix heures, et Brad doit verser dix mille dirhams. Sinon, il finira coulé dans le béton et ira certainement renforcer les piliers de la mosquée Hassan II. Il n'a plus rien, à part ses vêtements. Pour trouver une telle somme, il ne lui reste qu'une solution. À l'angle du boulevard avec la rue Anatole France, Il y a une agence de la RBS, et elle ouvre à dix heures. Brad accélère encore son pas, et arrive enfin devant l'immense bâtiment de pierre blanche. Les portes de verre coulissent devant lui, et il entre dans le hall comme un taureau dans l'arène. Il trouve un plan des lieux. Voilà ! Royal Bank of Sperm : 4ème étage. Brad s'engouffre dans un ascenseur. La montée semble interminable. Les cadres qui commencent leur journée le dévisagent avec mépris. Après quelques pas sur le marbre du couloir, il pousse la lourde porte de la RBS. Derrière le guichet, une charmante jeune femme en blouse bleue lui sourit.

— Bonjour ! C'est pour un don…

— Bonjour monsieur. Vous connaissez la procédure ?

— Ben… J'imagine…

— Vous voudrez bien remplir ce formulaire, s'il vous plaît.

— Vous avez un stylo ?

Brad prend le temps de détailler l'hôtesse. Son visage est fin. Ses yeux bleus trahissent son origine berbère. Son corps moulé par la blouse présente des formes agréables. Brad se dit qu'elle ne doit pas abuser des cornes de gazelle et autres dlibas.

— Voilà ! Un stylo !

— Merci ! lance Brad en revenant à la triste réalité qui

l'amène ici.

— Vous pouvez vous installer dans la salle d'attente.

Brad se racle la gorge.

— Hum… Vous offrez toujours une compensation pour les dons ?

— Oui, en effet. Pour les donneurs de type caucasien, blond qui plus est, il y a même une bonification. Dix mille dirhams, payés en liquide.

Brad laisse la jeune femme à son travail et s'installe dans un des larges fauteuils en cuir de la salle d'attente. Il répond à toutes les questions qui lui demandent, entre autre, s'il se drogue, s'il a séjourné une fois au moins en Afrique subsaharienne ou en Asie du sud-est et son orientation sexuelle. Il date et signe le formulaire et revient vers le guichet.

— Déjà ? Vous êtes un rapide, vous !

— Pas toujours, tente Brad avec un sourire au coin des lèvres.

L'hôtesse parcourt rapidement le formulaire, y appose un tampon et se lève. Elle contourne le guichet et demande au grand blond de la suivre. Elle ouvre la porte d'une salle aux murs blancs et demande à son « client » de s'y installer.

— Je vais chercher le flacon pour votre don. Mettez-vous à l'aise…

— Merci.

Brad s'installe dans le petit fauteuil rouge. Il regarde les revues posées sur la table basse. Des « Hustler », des « Club International » et des « Unions ». Il y en a pour tous les goûts. L'hôtesse revient et pose un flacon avec un bouchon rouge sur la table basse.

— Bon, voilà ! Je vous laisse. Je vous conseille d'ouvrir le flacon avant de commencer…

Elle referme la porte, laissant Brad face à son destin. Il consulte sa montre. Dix heures trente-cinq ! *Putain ! Va pas falloir être long !!!* Il se saisit de la première revue à sa portée et tourne frénétiquement les pages. Il est tellement nerveux que rien ne l'excite vraiment. À peine sent-il son sexe gonfler à la vue d'une blonde plantureuse branlant une queue surdimensionnée entre ses deux énormes loches. Il défait sa ceinture et les boutons de son jean et dégage son sexe encore pendant. *Dix mille dirhams ! Ça, ça devrait te faire bander mon vieux !*

Najet se rassoit derrière son guichet. Elle reprend son thermomètre. Avant que cet Américain ne vienne la déranger, elle avait entrepris de vérifier que sa période de fécondité n'était pas encore terminée. Sur l'écran de son ordinateur, sa courbe de température affichait moins de trente-sept degrés depuis treize jours. Mais depuis qu'elle avait arrêté la pilule, son cycle était très variable. Elle prend le thermomètre et l'essuie avec une lingette désinfectante. Elle écarte légèrement les cuisses et glisse l'instrument entre ses lèvres. C'est la façon la plus discrète qu'elle a trouvée pour faire ça à son travail. Un client pourrait rentrer, elle n'aurait qu'à serrer les jambes pour retrouver une certaine consistance. Les secondes défilent lentement. Au bout d'une minute, elle retire le thermomètre luisant de son intimité. Elle lit sa température en souriant. Encore moins de trente-sept ! Ça ne va certainement pas durer. Il faut qu'elle le fasse aujourd'hui, sinon, ça sera encore un mois de perdu.

La jeune femme se saisit de son portable et tapote un message : « *encore féconde aujourd'hui ! J T'M <3* ». Elle a à peine le temps de noter sa température sur son ordinateur que son Blackberry s'agite sur le bureau. Najet consulte son message en souriant : « *Cool ! Je bande déjà : o* ». Elle pose son portable en frissonnant. La matinée va être longue !

Dans sa cabine, Brad tourne fébrilement les pages d'un troisième magazine. La blonde à gros seins ne l'a pas fait jouir, pas plus que cette black avec ce cul d'enfer et que cette brunette ingénue. Il commence à paniquer en voyant l'heure tourner. Bientôt onze heures. Le temps de finir, de se faire payer et de filer à la Médina, il risque d'être en retard. Et même s'il a ses dix mille dirhams, Mokhtar risque de lui faire payer des intérêts. Ça va lui coûter un bras. Au sens propre ! Brad balance le « Union » sur la table basse et se rue sur le « Club International ». Une bonne anglaise, avec les dents en avant, ça va lui rappeler sa Virginie natale. Le grand blond déniche la perle rare en page cinquante. Des seins ronds naturels, une chevelure blonde ondulée, un minois parsemé de taches de rousseur et un bon gros cul rural. Il s'astique comme un forcené sur cette fille qui va peut-être lui sauver son bras ! Sa bite durcit sous ses doigts, gonfle dans des proportions acceptables. Une goutte perle au bout de son gland. *Putain ! Le flacon !* Brad tente de dévisser le bouchon de la main gauche, mais le plastique glisse dans sa paume moite. Il abandonne sa queue et ouvre le flacon nerveusement. Quand il reprend sa branlette, son sexe a déjà débandé. Brad soupire. *Ça va pas le faire !!!*

Najet profite du calme de cette matinée d'été pour ranger des vieux dossiers. La tête dans ses classeurs, elle n'a pas entendu arriver l'homme dans son dos. La jeune femme sursaute quand une main glisse dans l'encolure de sa blouse pour lui saisir un sein. Elle tourne la tête apeurée mais un sourire se dessine rapidement sur son visage.

— Farid ?! Tu m'as fait peur !

— Ma Najet ! Comme tu es belle quand tu es concentrée, dit le grand brun au corps moulé dans un marcel blanc.

— Mais qu'est-ce que tu fais là ?

— Quand j'ai reçu ton message, j'étais à trois rues d'ici. Alors j'ai pensé qu'on n'aurait peut-être pas besoin d'attendre ta pause…

Il n'a pas lâché le sein de Najet et joue avec son téton déjà tendu par l'excitation. Farid fait tourner le fauteuil de bureau. La belle berbère plonge ses yeux dans ceux de son mari, en faisant sauter un à un les boutons de son jean. Farid tire sur les deux pans de la blouse de Najet, dévoilant son corps entièrement nu. Ses seins gonflés de désir montent et descendent au rythme d'une respiration rapide. Elle plonge sa main dans l'ouverture du slip kangourou de son homme et en tire son sexe déjà dur. Elle suçote le gland circoncis sans quitter Farid des yeux. Il pose sa main sur la joue de son épouse et la caresse tendrement. Puis il lui prend le menton et l'oblige à se lever. Elle vient plaquer sa poitrine insolente contre les pectoraux saillants de son homme. Enfin, leurs bouches se joignent dans un baiser enflammé.

Brad balance le magazine sur le sol de la cabine. Il consulte sa montre. Onze heures dix. *C'est mort ! JE suis mort !!!* Dans sa tête, il imagine déjà les sbires de Mokhtar à sa poursuite. Casa a beau être immense, ils le retrouveront. Personne ne résiste longtemps aux questions de Mokhtar. Même s'il veut quitter la ville et partir vers le sud, il est persuadé que Mokhtar le retrouvera. Brad se sent perdu, et considère avec effroi son sexe ballant. Il se saisit du flacon, repose le bouchon rouge dessus, se rhabille en hâte et sort de la cabine. Alors qu'il avance dans le couloir, il perçoit des gémissements en provenance de l'accueil. Il ralentit le pas et se colle au mur puis penche la tête pour regarder discrètement. L'hôtesse, entièrement nue, est appuyée sur le bureau au fond de la pièce. Elle y a posé un genou pour ouvrir sa fente aux assauts d'un grand brun encore habillé qui s'active dans son dos. En équilibre sur un escarpin à talon aiguille, elle encaisse les coups de reins de l'homme. Brad sent son sexe retrouver toute sa splendeur. Il glisse sa main dans son jean et commence à se caresser.

Derrière le comptoir, Najet geint de plaisir à chaque fois que Farid envahit son intimité. Elle a posé les coudes sur le bureau et sa tête dandine de plus en plus vite, de plus en plus fort. Farid lui empoigne les hanches pour plonger encore plus profondément dans son fourreau brûlant. Brad a dégagé sa verge et se branle énergiquement, en tentant de faire le moins de bruit possible. Il stoppe sa masturbation un instant pour faire sauter le bouchon du flacon, qu'il rattrape au vol avant qu'il ne trahisse sa présence en tombant. Najet se redresse, lance un bras derrière elle pour accompagner son mari dans ses déhanchements. Farid lâche sa taille et se jette sur ses seins tendus. Il pince les tétons entre ses doigts, arrachant à son épouse un long râle. Elle plaque sa main libre sur son clitoris dardé par le plaisir. Najet commence à pousser des petits cris, puis se met à gueuler sa jouissance quand Farid se raidit contre ses fesses.

Brad porte le flacon à son gland. Il voit son sperme gicler sur la paroi transparente en même temps que son bassin échappe à son contrôle. Emporté par son orgasme, il ferme les yeux en soufflant par ses narines gonflées.

— Oh, Najet ! Comme je t'aime ! dit le grand brun en enlaçant sa femme.

— Farid ! Je t'aime aussi ! Si fort…

— Que tu es chaude quand tu es féconde…

— C'est pour toi ! Pour notre amour !

— Je t'aime, Najet !

Farid se détache de son épouse et se rajuste prestement. Najet ramasse sa blouse et referme les boutons sensuellement.

— Tu m'attends ? Dans une demi-heure, c'est ma pause.

— Si tu veux ! Je peux même t'aider à ranger tes

dossiers.

— Non, je préfère que tu ailles dans la salle d'attente. J'ai un client qui devrait finir bientôt. Je vais le payer et je serai à toi…

— Ne traîne pas ! Je crois que j'ai encore faim de tes délices…

Farid disparaît dans la salle d'attente. Najet rajuste sa coiffure, tire sur sa blouse et s'engage dans le couloir. Elle frappe à la porte de la première cabine.

— Oui ?

— Excusez-moi, vous avez terminé ?

— Oui ! Vous pouvez entrer.

Brad reprend sa respiration. Il est revenu dans la cabine et s'est rassis dans son fauteuil dès que les spasmes de son éjaculation ont cessé. Il se lève quand l'hôtesse entre et lui tend le flacon.

— Cela s'est bien passé ?

— Ce sera un de mes plus grands souvenirs, lui dit Brad en lui souriant tendrement.

— Alors là ! C'est la première fois qu'un donneur me dit ça ! répond Najet en rougissant.

— Excusez-moi, mais on peut passer à la suite, je suis

un peu pressé.

— Bien sûr. Veuillez me pardonner, mais vous m'avez troublée.

— Pas autant que vous, mademoiselle, pas autant que vous…

Brad suit la jeune femme jusqu'à l'accueil. Au passage, il lance un œil par la porte entrouverte de la salle d'attente. Il croise le regard de Farid et lui sourit. Un sourire de gratitude. Sans son intervention, Brad n'avait plus le moindre espoir. Najet dispose avec soin le flacon dans le petit congélateur sous le bureau du fond de l'accueil. Elle compose le code du coffre-fort et en ouvre la porte. Elle sort une liasse de billets, referme le coffre et revient derrière le guichet. Elle ouvre un registre et tend un stylo au grand blond. Brad signe, attestant qu'il a bien reçu les dix mille dirhams. Il glisse la liasse dans une poche de son jean, salue la jeune femme et sort calmement de la RBS.

Dans le couloir, il court vers l'ascenseur encore ouvert. Vingt minutes ! Il lui reste vingt minutes pour déposer l'argent à Mokhtar. Ou alors, dix mille dirhams pour quitter le Maroc. Après tout, il a toujours été joueur !

Arrivé dans la rue, il hèle un petit taxi rouge.

— Gare de l'Oasis ! Combien ?

Révolution

Sourya rentre dans son appartement de la tour n° 12 située dans le quart nord-est de Berlin. Sa journée de travail au siège de la délégation Europe de la République Universelle est enfin terminée. Son poste d'analyste des désirs de la population est certes très intéressant, et très gratifiant, mais elle a de plus en plus de mal à prendre du recul, et à faire la part entre ses désirs et ceux que lui impose le peuple.

La République Universelle, instituée il y a cinquante ans, a bien compris qu'elle ne pourrait pas survivre sans combler les désirs, même les plus surprenants, de la population. Les quatorze milliards de citoyens de la république ont fini par accepter toutes les lois liberticides, heureux de pouvoir satisfaire l'essentiel de leurs envies. Car après les émeutes de la faim survenues entre 2112 et 2115 de l'ancien calendrier, la République Universelle a tout pris en main. Fini, la liberté d'expression. Seuls les domaines artistiques jouissent d'une totale immunité, mais les artistes ne peuvent toucher aucune rétribution liée à leur œuvre.

Fini également les élections. Elles avaient porté au pouvoir toutes formes de populisme qui ont engendré les émeutes mettant fin à l'ancien monde. Dorénavant, les plus savants choisiront ce qu'il est bon de faire pour le peuple et surtout, ce qui ne l'est pas.

Fini aussi l'égalité entre les hommes. Si la peine de mort n'a pas encore été rétablie, le bannissement de la république est très couramment employé. Et le bannissement entraîne la perte de tous les avantages dont jouissent les citoyens, dont le premier est de tout recevoir des institutions. Les bannis n'ont plus de logement, plus de nourriture, et plus accès à la politique de réalisation des désirs, dont Sourya est un des éléments clé pour la zone Europe.

Enfin, la liberté de fonder une famille a été abolie. La surpopulation, combinée à la raréfaction des terres habitables sous l'effet des dérèglements climatiques, ont conduit la République Universelle à contingenter le nombre des naissances. Depuis trente ans, un tirage au sort annuel désigne les citoyennes autorisées à procréer. Et gare au bannissement si vous enfreignez la règle !

Le robot domestique de Sourya lui apporte son café au lait. Quand elle est à son domicile, elle n'a quasiment rien à faire. Hector, son humanoïde, se charge de toutes les tâches ménagères. Il s'occupe aussi de l'approvisionnement, en fonction du classement des souhaits de Sourya et des crédits dont elle dispose. Mais son poste important lui offre tellement de crédits qu'elle peut pratiquement satisfaire toutes ses envies. C'est une belle réussite pour cette fille de l'immigration climatique. Sa famille a dû fuir l'Afrique, en proie à des sécheresses de plus en plus fréquentes. Son père a travaillé dur, dans les usines de la République pour offrir à Sourya les meilleures écoles. Même ses frères ont participé financièrement à son éducation.

Alors que la nuit tombe sur Berlin, Sourya se met à table. Seule. À quoi bon vivre à deux sans espoir de fonder une vraie famille. A trente-cinq ans, elle est dans sa dernière année de participation au tirage au sort. La date en est gardée secrète, même pour un haut fonctionnaire comme elle, afin d'éviter tout risque de piratage de l'ordinateur chargé du tirage.

Le repas terminé, elle part se changer dans sa chambre. Elle délaisse son tailleur noir et ses sous-vêtements dans la machine à laver qui se met en marche immédiatement, dans un silence absolu. Sourya enfile sa robe de chambre de soie blanche. Le tissu couvre juste ses fesses rondes et fermes. Le décolleté laisse apparaître ses seins lourds. Elle regarde son reflet dans un miroir. Elle se trouve belle et cela la remplit de tristesse. Pourra-t-elle un jour réaliser son rêve ?

Elle revient dans son salon et commande à Hector une tasse de thé. Elle s'assoit dans son canapé et allume son écran mural. Elle commande le visionnage du journal de la République. Bien sûr, les nouvelles sont bonnes. Bien sûr, il n'y a aucun reportage sur les émeutes des bannis durement réprimés par les robots policiers. Les progrès de la technologie ont aussi permis à la République

Universelle de s'affranchir de la conscience humaine dans la répression des dissidents. En fin de journal, le présentateur invite sobrement les citoyens à consulter la liste des bannis de la journée. Sourya ne le fait plus depuis deux ans. Elle ne supporte plus de voir que de plus en plus d'humain sont mis au ban de la société, pour des raisons de plus en plus futiles. Sourya coupe sa connexion au monde extérieur. Avant de regagner sa chambre, elle demande à Hector de se mettre en veille. Le robot regagne son espace de rechargement et se fige. Sourya a toujours été impressionnée de voir cette statue de métal et de plastique, à l'apparence quasi humaine. Ça lui fait un peu peur.

La jeune femme ferme la porte de sa chambre et pousse un long soupir. Encore une nuit seule. Cette solitude, et le vide de sa vie que la République tente de combler par des biens matériels, commencent à lui peser. Si seulement elle pouvait être tirée au sort. Elle se déshabille et se glisse nu sous son drap rose. Elle s'endort en se remémorant sa mère, entourée de ses sept enfants, et le bonheur qui rayonnait sur son visage.

Sourya est réveillée par un grand bruit. Elle entend Hector s'animer dans le salon. De nouveau un grand bruit, puis plus rien. Apeurée, elle se redresse dans son lit et tire le drap pour cacher son corps nu. Elle entend des voix dans son appartement. Elle saisit sa tablette et lance un appel d'urgence. Mais elle ne parvient pas à se connecter. Ses agresseurs utilisent certainement un brouilleur de réseau. Elle demande l'éclairage. Une lumière blanche inonde sa chambre. Peut-être qu'en se mettant à sa fenêtre, quelqu'un l'apercevra…

— peine Sourya est-elle levée que la porte de sa chambre vole en éclat. Trois hommes se jettent sur elle. Des bannis ! Elle avait entendu parler de ces expéditions nocturnes, mais c'est la première fois qu'ils osent entrer si loin dans la ville, si près des bâtiments de la République. Effrayée, elle court vers son dressing pour tenter de s'y réfugier. Un homme l'agrippe par le bras et la plaque à terre. Il la chevauche en bloquant ses membres avec force.

— C'est bon ! Je la tiens, les gars ! lance son agresseur.

— Attends ! lui répond un autre homme. J'arrive ! On

va la foutre sur le lit !

Déjà, elle sent des mains saisir ses chevilles. L'homme qui la chevauche, un grand blond au visage rude et aux cheveux ras, se lève sans lui lâcher les poignets. Ils la soulèvent et la portent sur le lit. Sourya se débat, son corps se contorsionne pour tenter de se dégager. L'homme qui lui a pris les jambes est plus petit que le premier. Plus gros aussi. Son visage bouffi est barré d'une grande balafre mal cicatrisée. Sourya hurle en suppliant :

— Arrêtez ! Arrêtez ! Pitié !

— Ferme ta gueule ma jolie ! Ça sert à rien de crier, on brouille tous les sons.

Sourya se sent perdue. Pour des bannis, ils semblent sacrément équipés. Brouilleur de réseau, atténuateur de sons… Alors que les deux hommes la tiennent pendue en l'air, elle voit en approcher un troisième. Un black, les cheveux tressés, vêtu entièrement de cuir noir.

— Tenez-la bien, les mecs ! Il faut que je vérifie ! ordonne-t-il à ses acolytes.

Il sort un boîtier sombre de son blouson et l'approche du corps de Sourya. Il le place au-dessus de son pubis, presque au contact des poils frisés de sa touffe noire. La jeune femme baisse la tête et voit une led verte s'allumer.

— C'est bon ! Elle est en chaleur ! Balancez-la sur le lit et attendez-moi dans le salon !

— Tu veux pas qu'on reste ? Au cas où ? demande le grand blond.

— Non ! Dégagez !

Sourya rebondit sur le matelas. Elle se recroqueville dans son drap rose alors que le grand blond et le petit gros sortent de sa chambre. Celui qui doit être le chef de la bande reste planté face au lit. Il considère sa victime avec détermination. Sourya ose à peine lever les yeux sur lui. Elle tremble comme une feuille, se voit déjà morte. Le grand black fait glisser son blouson sur le sol de la chambre. Son corps musclé et luisant de sueur brille sous la lumière artificielle.

— Tu t'appelles Sourya, c'est ça ?

— Ou… oui, balbutie la jeune femme.

— Moi, c'est Ali. Tu sais pourquoi on est là ?

— Non… souffle-t-elle. Non, je ne sais pas…

— Ah ?! La République fait donc bien son travail de désinformation.

— Comment ? Que voulez-vous dire ?

— Elle vous cache tout ! Et elle embrume votre esprit avec ses richesses ! Tout ça pendant que nous, on crève…

— Je n'y suis pour rien moi ! Laissez-moi ! Partez ! Je ne dirai rien à la sécurité…

— Ah… Sourya, soupire Ali.

Son regard se fait moins noir, moins déterminé. Ses muscles saillants prêts à l'attaque se détendent. Sourya le trouverait presque beau. Le banni s'assoit sur le bord du lit. Il regarde sa proie. Un sourire se dessine sur ses lèvres roses.

— Je vais te dire, moi, ce que fait ta République…

— Et vous me laisserez, après ?

— Je ne pense pas. Je pense même que c'est toi qui voudras me suivre…

— Vous êtes fou !!!

— Non, toi, tu es folle ! Et aveugle ! Nous, les bannis, nous recréons une société idéale, basée sur la liberté et l'égalité. Mais la République ne nous permet même pas d'espérer.

— Et pourquoi ? Après tout, vous n'avez plus aucun compte à lui rendre.

— Nous sommes voués à l'échec ! Nous finirons par

nous éteindre…

— Avec tous les nouveaux bannis ?!?!

— Plus aucun bannis ne quitte la République depuis cinq ans.

— Quoi ? lance Sourya étonnée.

— Oui. La République vous ment. La peine de mort a été rétablie depuis cinq ans.

— Mais c'est affreux !

— C'est pour ça que nous sommes voués à disparaître.

Sourya se détend un peu. Ébranlée dans ses certitudes, elle a relâché le drap qu'elle tenait serré dans ses poings. Il a glissé sur son corps et découvert son buste. Ses seins volumineux se gonflent au rythme de sa respiration encore rapide. Ali reprend :

— Depuis la mise en place du contrôle des naissances, les femmes bannies ont été stérilisées. Nous n'avons aucun enfant à qui transmettre notre monde. Et depuis la fin des bannissements, notre société vieillit. C'est pour ça que je suis là.

Il pose un regard doux sur Sourya. Elle lui sourit.

— Nous sélectionnons des femmes de la République Universelle pour en faire nos reproductrices. Nous étudions leur génome, puis leurs habitudes, et enfin leur cycle. Ensuite, nous montons une opération comme celle de ce soir. Tu as le choix, soit tu te donnes, soit je te prends. De toute façon, si je réussis à te féconder, tu sais très bien que ta vie dans la République est terminée…

Sourya est sous le choc. Ali est donc venu pour la violer, l'inséminer comme une vulgaire femelle. Elle ferme les yeux et respire profondément. Elle demande à Ali sans même le regarder :

— Et si je tombe enceinte ? Que vais-je devenir ?

— Si tu tombes enceinte, nous reviendrons te chercher et tu découvriras notre rêve. Sinon, ta vie continuera dans la République. Nous sommes sûrs que jamais tu ne parleras, maintenant que tu connais le sort des bannis…

— Oh ! Mon Dieu ! Qu'est-ce que tu me demandes là ?! interroge Sourya.

— Je te l'ai dit. Tu es avec nous, libre ou la République te supprime…

La belle analyste des désirs se retrouve confrontée à son envie la plus profonde. Cet homme, ce moins que rien à ses yeux il y a encore une heure, lui propose de faire un enfant, là, maintenant, et de quitter tout son confort. Elle plonge ses yeux noisettes dans les yeux noirs d'Ali. Une larme coule sur sa joue. Il tend sa main et lui essuie du bout de l'index. Sourya saisit la main rugueuse et la plaque sur son visage. Elle s'y abandonne.

Ali se glisse contre elle. Il lui prend la bouche pour un tendre baiser. Sourya lui attrape la tête de ses deux mains et colle ses lèvres aux siennes. Sa langue part à la conquête de la bouche masculine. Ils échangent un baiser passionné. Les mains d'Ali glissent sur les épaules de la jeune femme. Elle frémit au contact des doigts sur sa peau. Elle n'a pas été touchée par un homme depuis cinq ans ; Son corps se réveille. Une douce chaleur envahit son bas-ventre. À l'écoute de la moindre de ses sensations, elle laisse Ali prendre possession de ses charmes. Il la renverse sur le lit. Avec une grande douceur, une de ses mains parcourt la courbe prononcée de ses seins. Les doigts se plantent dans sa chair durcie par l'excitation. Leurs bouches restent jointes. Sourya respire le souffle de liberté que lui insuffle Ali. Les mains de la jeune femme se perdent dans les tresses de son reproducteur. Elles hésitent. Enfin, elles partent à la découverte de ce corps si harmonieux. Sourya caresse le dos musclé, puis lui empoigne les fesses moulées dans le cuir de son pantalon. Elle écarte largement les cuisses, laissant couler son désir de sa fente entrouverte. De sa main libre, Ali libère son sexe de son pantalon. Sa longue tige noire déjà raide jaillit. Sourya lui appuie encore sur les fesses. Ali se détache du corps de sa victime consentante. Il prend appui sur ses avant-bras et la regarde avec une infinie tendresse. Il se laisse guider par la pression de sourya, glisse entre ses cuisses ; son gland circoncis effleure les lèvres humides de la jeune femme. Elle bloque sa respiration et pousse son mâle en elle. La pénétration est longue et douce. Sourya souffle de bonheur. Ali lui sourit. Il se retire presque entièrement puis replonge dans son vagin d'un lent mouvement de bassin. Sourya entrouvre la bouche. Sa lèvre inférieure tremblotte de plaisir. Ali continue ses lents va-et-vient, sans détacher son regard des yeux de Sourya. Elle referme ses jambes sur le dos de son amant inattendu. Avec ses mollets, elle accompagne chacune des pénétrations qui lui distendent le vagin. Le pubis d'Ali vient se ficher contre sa motte, excitant son clitoris rose qui pointe en haut de sa fente. Elle ondule du bassin pour se branler sur le corps musclé. Les yeux de Sourya se troublent.

— Oooh, souffle-t-elle, c'est bon ! Ali, je vais jouir !

— Oui, sourya, jouis ! Jouis !

— Aaaah ! Aaaah !

Un orgasme sourd vient de la surprendre. Elle repousse Ali en posant ses mains sur son buste saillant. Son clito la picote, rendant tout contact presque douloureux. La bite immense du beau black quitte son fourreau trempé. Ali descend sur le corps de Sourya et vient lui empoigner ses seins ronds. Il les lèche, les embrasse. Sourya ferme les yeux. Son corps tressaille sous les coups de langue. Elle se contorsionne pour se dégager de la pression du corps masculin et s'allonge sur le ventre. Les mains rugueuses d'Ali se font douces pour lui caresser les épaules. Il descend sa colonne vertébrale et glisse une main dans le sillon de son cul rebondi d'africaine. Un doigt s'immisce entre ses lèvres et la pénètre. Sourya lève son bassin à la rencontre de cette main inquisitrice. Elle lance un bras en arrière et repousse Ali.

— Prends-moi ! Prends-moi encore !

Ali se redresse sur ses genoux. Il guide son sexe vers le vagin offert de Sourya. Il s'enfonce d'un coup sec. Sourya rejette la tête en arrière en gémissant.

— Oouuh oui !!!

— Ta chatte est serrée sur ma queue.

— Elle est bonne ! Elle me remplit bien ! se surprend à dire la jeune femme.

Ali lui attrape les hanches et s'enfonce encore plus profondément. Sourya gémit, plaque ses mains au mur pour encaisser la charge. Elle replie ses jambes pour soulever sa croupe. Ali vient se caler contre le cul offert, et passe les mains sous le corps de Sourya. Il vient lui pétrir la poitrine sans cesser de pilonner sa chatte de plus en plus baveuse. La jeune femme serre les dents et ferme les yeux. La bite chaude de son amant irradie dans tout son corps, la transperce jusqu'au cou. Elle se lance en arrière en hurlant de plaisir. Ali lui lâche les seins et reprend sa taille. Il halète en se démenant entre les fesses de son élue. Il se tend. Les jets chauds de son sperme viennent tapisser la grotte de Sourya, qui ricane de bonheur.

Les deux corps s'affalent sur le lit, la bite d'Ali toujours plantée dans la fente de Sourya. Il se dégage enfin et roule sur le côté. Sourya ferme les yeux en reprenant sa respiration. Elle vient se lover contre le buste de son étalon. Elle joue de ses doigts dans les poils frisés du torse masculin.

— Ali, si ça n'a pas marché ?

— Normalement, tu ne devrais plus me revoir.

— Alors j'espère que ça a marché. Tu viens de donner un sens à ma vie…

Le don ultime

Violette est projetée à genoux sur le tapis de jonc. Le lien de cuir qui lui maintient les mains dans le dos lui cisaille les poignets. Son maître vient de finir de la préparer. Après l'avoir entièrement dévêtue, il l'a lavée avec un gant de crin et du savon noir, puis il l'a rincée avec de l'eau froide. Ensuite, il a rassemblé ses longs cheveux roux en une queue de cheval très tirée. Il l'a penchée en avant, a écarté ses fesses dodues et a glissé un plug de bonne dimension dans son conduit rectal. Violette l'a accueilli en contenant un long soupir de plaisir. Depuis un an qu'elle rencontre cet homme, son petit trou a subi bien des dilatations mais, ce soir, ce plug est le plus gros à avoir franchi ses sphincters. Enfin, son maître lui a réuni les mains dans le dos pour les attacher.

Maintenant, il contemple son œuvre en tournant autour d'elle. Violette le suit timidement des yeux. Ses seins lourds montent et descendent au rythme de sa respiration nerveuse. Il s'est immobilisé dans son dos. Elle adore ce moment, quand l'appréhension l'emporte encore sur l'excitation. Elle sait qu'elle va souffrir, mais elle aime tant ça. Et puis, ce soir est particulier. Depuis trois mois, elle prépare son corps pour Lui. Enfin, ce soir, il va lui offrir la récompense ultime. Depuis le début de son dressage, jamais ils ne seront allés aussi loin. Il a pourtant su lui donner cent orgasmes, tous plus fulgurants les uns que les autres, mais jamais il ne lui a donné ce qu'il va lui offrir ce soir. Alors, à genoux sur le tapis de jonc qui lui rentre dans les chairs, Violette coule d'impatience.

Toujours dans son dos, son maître s'adresse enfin à elle :

— Violette, tu sais le don que je vais te faire ce soir ?

— Oui, mon Maître.

— Es-tu prête à l'accepter ?

— Oh oui, mon Maître !

— Et penses-tu le mériter ?

— Vous seul en déciderez, mon Maître…

Elle le sent se rapprocher. Elle ne doit pas tourner la tête pour l'admirer, même si elle en crève d'envie. Elle ne doit pas l'offenser. Surtout pas ce soir ! Alors, fébrilement, elle attend qu'il la touche enfin. Ses tétons sont dressés par l'impatience, et elle serre les jambes pour ne pas laisser son désir se déverser sur ses cuisses. Le premier contact tarde. Elle voudrait le sentir, enfin. Violette ferme les yeux et gonfle encore sa poitrine dans une profonde inspiration. Un souffle. Un claquement. Une brûlure… Un soupir de plaisir. Le silence, encore. Sa respiration qui s'emballe à nouveau. Un deuxième coup de cravache vient s'abattre sur sa croupe ronde. Cette fois, Violette laisse échapper un petit cri. Elle a à peine détendu son fessier que son maître la frappe à nouveau. L'intensité de la brûlure oblige Violette à serrer les dents pour ne pas hurler. Elle se tortille pour tenter de soulager ses genoux, mais ses mouvements enfoncent le plug dans son cul. Son maître la rappelle à l'ordre :

— Tiens-toi droite !

— Pardon, mon Maître, répond-elle en se redressant.

Son visage s'est refermé. Elle s'en veut. S'ils étaient en public, son maître aurait été humilié par son comportement. Elle doit se reprendre et se montrer digne de la rareté de cette soirée. Violette serre ses mains jointes et attend la prochaine volée de coups. Son sang pulse dans ses fesses rougies. Un lourd silence plane dans le donjon éclairé par de grands cierges blancs. Le maître vient se placer face à elle. Violette se risque à lever les yeux vers ce visage si beau, si doux. Il lui sourit et vient faire courir la lanière de cuir de la cravache sur ses courbes harmonieuses. Il remonte le galbe de sa cuisse charnue, puis vient effleurer son pubis glabre. Violette frissonne, espérant qu'il va descendre sur sa fente luisante. Mais le maître n'en fait rien, et sa cravache contourne l'arrondi de son ventre pour monter vers les seins opulents tendus par le désir. La lanière vient jouer avec un téton fièrement dressé. Il lui donne trois petits coups secs puis inflige le même traitement à l'autre téton. Violette se retient pour ne pas fermer les yeux et succomber à la jouissance qui l'envahit. Un sourire vient fendre son visage quand son maître arme un coup qu'elle attend violent. La cravache fend l'air, faisant vaciller les flammes des cierges et s'abat sur son sein gauche. Violette n'a pu retenir sa mâchoire et sa bouche laisse échapper un râle de plaisir. Le maître plie à nouveau son bras et lance la cravache sur le sein droit. Violette expire encore. Une dizaine de coups s'abat sur ses seins qui dansent sous leur violence. La soumise, bouche ouverte, a la mâchoire qui tremble de plaisir. Le maître approche sa main et vient pincer un téton gorgé de sang. Le regard de Violette se trouble. Elle sent une larme couler sur sa joue. Elle ne se reconnaît pas. Il en faut d'habitude bien plus pour la faire partir. Mais ce soir, elle a les sens à fleur de peau. Même son odorat est affûté. La cire qui se consume, le bois brut de la croix de Saint-André, le cuir de son lien, son corps fraîchement lavé et le « one million » de son maître mettent son cerveau en ébullition. La cravache qui fendait l'air, le claquement du cuir sur sa peau, elle a perçu tous ces sons et en a joui avant même de ressentir la brûlure sur ses fesses ou ses seins. Et son cœur qui bat si fort, son sang qui afflue dans sa poitrine, son sexe et son cul, font se dilater ses chairs intimes. Enfin, le souffle chaud de son maître attise les braises incandescentes de son désir.

Il n'a pas lâché son téton et joue à le faire tourner entre son pouce et son index. Il le pince de plus en plus fort, l'étire. Violette grimace de douleur, mais lutte pour se tenir droite, digne. Son maître la félicite :

— Tes seins sont merveilleux, Violette. Et tes tétons

sont si réactifs…

— C'est un réel plaisir de vous les offrir, maître… répond elle en rougissant.

— Ton traitement hormonal t'a donné des formes resplendissantes. Je vais vraiment te regretter.

Il cesse de torturer le téton et sa main vient attraper le menton de sa soumise. Il la tire à lui fermement, l'obligeant à se relever. Dans ses contorsions, le plug lui fouille l'anus, lui envoyant des décharges dans les reins. Le maître la guide vers la table de bois, l'oblige à se pencher en avant et ses seins viennent s'écraser sur le plateau. Il passe derrière Violette et vient se plaquer contre sa croupe. Elle devine, sous la soie noire de son pantalon de cérémonie, son érection naissante. Le maître prend ses mains jointes et défait leur lien. Il lui ramène les bras vers l'avant en contournant la table et vient emprisonner ses poignets dans les deux bracelets de cuir fixés au rebord opposé. Violette est obligée de se mettre sur la pointe des pieds, et le plateau de bois vient lui cisailler l'aine.

— Violette, tu es courageuse ce soir. Avant de poursuivre, tu mérites une récompense.

— Merci, mon Maître, souffle la jeune fille.

L'homme disparaît de nouveau dans son dos. Elle sent sa main parcourir sa colonne vertébrale, effleurer ses fesses. Puis il se saisit du plug et le fait tourner lentement. Violette inspire profondément, mais ses seins sont comprimés par la table. Enfin, le maître commence de long va-et-vient avec l'instrument. La soumise perçoit la dilatation de chaque centimètre de son rectum. Des vagues de plaisir viennent s'écraser sur ses reins, et diffusent leur chaleur sur la plage de son dos. En équilibre sur ses orteils, elle tente d'écarter les jambes pour une pénétration encore plus intense. Son maître répond à cette invitation et le plug la parcourt plus rapidement. Violette gémit. Elle cambre les reins et contracte les cuisses pour écarter ses fesses. Son jus coule sur ses jambes. Le maître accélère encore ses va-et-vient. Sa paume vient claquer sur la croupe tendue. Violette halète, perd son souffle. Une boule de feu lui envahit le ventre. Elle est sur le point d'exploser.

Le maître vient subitement de retirer le plug de l'anus de Violette. Tendue par l'imminence de son orgasme, elle se relâche mollement sur la table en geignant. Elle le supplie :

— Je vous en prie, maître…

— Quoi donc, ma chère Violette ?

— Achevez-moi ! Ayez pitié de mon plaisir…

— Pas encore, Violette, pas encore…

Le maître vient se placer à côté d'elle. La soie de son pantalon tendue par l'excitation vient effleurer la joue de la jeune femme. Derrière ce rempart si doux, elle sent son sexe chaud et dur. Le maître ondule du bassin et lui caresse le visage. Violette tourne la tête et tend ses lèvres entrouvertes. Elle cherche de sa bouche et finit par atteindre la bosse qui déforme l'étoffe. Elle la lèche, l'enduit de salive. La soie humide vient se coller au gland. Violette avale la fraise noire. Le maître glisse affectueusement ses doigts dans ses cheveux roux, lui caresse le crâne. Sa main descend et saisit sa queue de cheval. Lentement, il la tire en arrière, obligeant violette à relâcher sa friandise. Elle tend la langue et parvient à laper le gland. Le maître tire un peu plus. Elle lève ses grands yeux bleus et l'implore du regard. Il lui sourit et relâche doucement sa contrainte. Violette embouche à nouveau son sexe, creuse ses joues pour mieux l'aspirer. Son maître la tire à nouveau en arrière, dégageant son sexe de son emprise humide et chaude. Violette soupire de regret. Le maître lui donne à nouveau du mou et elle se jette sur sa proie. Elle résiste à une nouvelle traction, refusant de laisser échapper cette tige si douce. Le maître recule son bassin tout en maintenant fermement la tête de violette. Il la fixe autoritairement. Elle ose soutenir son regard, serrant les dents d'envie de le dévorer à nouveau.

— Si c'est ce que tu veux, alors, fais-le bien ! lui lance-t-il.

De sa main libre, il libère un poignet de sa soumise, contourne la table en conservant son emprise, et détache le second poignet. Il dégage violette de la table en la tirant par sa chevelure et la force à se remettre à genoux. Enfin, il descend son pantalon et libère son sexe gorgé de sang.

— Prends-la, maintenant ! Mais sans les mains !

— Comme vous le désirez, Maître !

Par réflexe, Violette joint les mains dans son dos. Elle tend le cou et avale la tige luisante de salive. Elle entame de lents va-et-vient, en plaquant bien ses lèvres tout autour du manche. Les soupirs de son maître l'encouragent à accélérer ses mouvements. Elle lance sa tête d'avant en arrière en accentuant les bruits de succion.

Il lance son bassin en avant. La profondeur de la pénétration provoque chez Violette un haut-le-cœur. Le maître lui retire son sucre d'orge.

— Allons, Violette ! Tu m'as habitué à mieux.

— Pardon, Maître ! Je vais m'appliquer.

Elle le reprend et cette fois, l'avale en entier. Son nez vient buter sur le pubis épilé. Le maître lui maintient la tête. Elle suffoque, trouve un second souffle… Il lui libère la tête. Elle recrache le sexe tendu à l'extrême. De la salive glisse le long de la tige et coule sur le scrotum gonflé. Violette vient laper les gouttes qui menaçaient de choir, puis tète les bourses l'une après l'autre. Elle reprend son membre en bouche. Violette s'active avec vigueur. Elle prend un réel plaisir à l'amener au paroxysme de la jouissance. Alors qu'elle sent les premiers soubresauts de l'éjaculation sur sa langue, le maître lui arrache son sexe de la bouche. Haletant, il enserre la base de sa verge et contracte son périnée. Il foudroie Violette du regard.

— Petite dévergondée ! Es-tu folle ?

— Oui, Maître … Folle de vous ! Folle de votre bite !

— Arrête ! Ne sois pas vulgaire devant moi !

— Oh, Maître … Je vous désire tant… lance Violette

en tendant la langue pour lécher le gland violacé.

— Arrête, je te dis !

Il empoigne fermement la queue de cheval rousse et tire violette vers la table de bois. Le tapis de jonc laboure les genoux de la jeune femme. Alors qu'il s'apprête à la jeter sur la table pour l'attacher à nouveau, le maître croise le regard de sa soumise. Dans ses yeux, il lit un désir lubrique d'être prise immédiatement. Alors il l'allonge le dos par terre. Violette le regarde fixement et écarte les cuisses. Elle en caresse langoureusement l'intérieur, remontant vers sa fente luisante. Le maître se laisse tomber à genoux entre ses jambes. Il lui attrape vigoureusement les cuisses et la tire à lui en soulevant son bassin. Son membre bandé glisse dans la raie dégoulinante de mouille. Il y fait trois va-et-vient qui arrachent à Violette de longs gémissements d'impatience, recule son bassin et pointe son gland sur la fente rougie par le désir. D'une légère pression, il écarte les lèvres collantes. Son gland est aspiré par le vagin bouillant d'envie. La tête rejetée en arrière, Violette reçoit enfin son maître. Elle cambre son dos pour qu'il s'enfonce le plus profondément possible. Ses gros seins viennent buter sur son menton. Elle les empoigne tous les deux et en lèche alternativement les tétons. Les doigts virils s'enfoncent dans la chair molle de ses cuisses. Il la ramène violemment à lui, pour mieux la laisser glisser sur ses jambes repliées. À chaque traction, un clapotis visqueux s'échappe de la fente de Violette. Elle grogne, la bouche pleine de ses seins. Son maître l'encourage :

— Ah tu me voulais, Violette ?! Eh bien, prends ça ! Tu mouilles comme une fontaine, ma soumise ! Tu es mienne !!! Je vais te remplir de ma liqueur.

— Oui, Maître ! Oui ! Donnez-la moi ! Enfin !

— Je vais jouir en toi, Violette ! Et après, tu porteras mon enfant !

— Oh oui, Maître ! Prenez-moi et videz-vous ! Plus fort ! Encore ! Encoooore !

Violette délaisse sa poitrine et ose descendre les mains sur les fesses de son maître. Elle les empoigne fermement et le tire en elle. Elle veut qu'il la remplisse, de son membre et de son foutre. Leurs pubis claquent, envoyant à chaque contact des décharges de plaisir au creux de ses reins. Violette a la tête qui tourne. Ses hormones brouillent sa consciente. Elle devient une poupée de chiffon, mue par la jouissance. Il plante ses ongles dans ses hanches, lui laboure la taille. Violette peine à garder les yeux ouverts. De son regard trouble, elle voit son maître se tendre. Alors, enfin, elle se laisse submerger par son orgasme.

Elle jouit, car pour la première fois, cet homme se déverse en elle. Elle jouit, car c'est la dernière fois qu'il la possède. Elle savoure ces ultimes instants où il la remplit, se relâche, s'abandonne enfin. Elle sait que commence sans doute la partie la plus pénible de sa soumission.

Elle ne le reverra plus. C'était leur contrat. Quand elle aura accouché, une nouvelle soumise viendra chercher son enfant pour le remettre à son maître.

Et elle vivra avec cette déchirure. Riche, mais brisée.

Printed in France by Amazon
Brétigny-sur-Orge, FR

16416279R00082